中国古代文史经典读本

陶渊明谢灵运鲍照诗文 选评

曹明纲　撰

上海古籍出版社

图书在版编目（CIP）数据

陶渊明谢灵运鲍照诗文选评／曹明纲撰.—上海：
上海古籍出版社，2019.6（2025.1重印）
（中国古代文史经典读本）
ISBN 978－7－5325－9261－6

Ⅰ.①陶… Ⅱ.①曹… Ⅲ.①陶渊明（369－427）—
古典文学研究②谢灵运（385－433）—古典文学研究③鲍照
（约414－466）—古典文学研究 Ⅳ.①I206.2

中国版本图书馆 CIP 数据核字（2019）第 108424 号

中国古代文史经典读本

陶渊明谢灵运鲍照诗文选评

曹明纲　撰

上海古籍出版社出版发行

（上海瑞金二路 272 号　邮政编码 200020）

（1）网址：www.guji.com.cn

（2）E-mail：guji1@guji.com.cn

（3）易文网网址：www.ewen.co

常熟新骅印刷有限公司印刷

开本 787×1092　1/32　印张 9.25　插页 3　字数 123,000

2019 年 6 月第 1 版　2025 年 1 月第 4 次印刷

印数：5,301—6,400

ISBN 978－7－5325－9261－6

Ⅰ·3398　定价：28.00 元

如有质量问题，请与承印公司联系

出 版 说 明

　　上海古籍出版社成立六十多年来形成了出版普及读物的优良传统。二十世纪,本社及其前身中华书局上海编辑所策划、历时三十余年陆续出版的《中国古典文学作品选读》与《中国古典文学基本知识》两套丛书各八十种,在当时曾影响深远。不少品种印数达数十万甚至逾百万。不仅今天五六十岁的古典文学研究者回忆起他们的初学历程,会深情地称之为"温馨的乳汁";而且更多的其他行业的人们在涵养气度上,也得其熏陶。然而,人文科学的知识在发展更新,而一个时代又有一个时代的符号系统与表达、接受习惯,因此二十一世纪初,我社又为读者奉献了一套"新世纪文史哲经典读本",是为先前两套丛书在新世纪的继承与更新。

"新世纪文史哲经典读本"凝结了普及读物出版多方面的经验:名家撰作、深入浅出、知识性与可读性并重固然是其基本特点;而文化传统与现代特色的结合,更是她新的关注点。吸纳学界半个世纪以来新的研究成果,从中获得适应新时代读者欣赏习惯的浅切化与社会化的表达;反俗为雅,于易读易懂之中透现出一种高雅的情韵,是其标格所在。

"新世纪文史哲经典读本"在结构形式上又集前述两套丛书之长,或将作者与作品(或原著介绍与选篇解析)乳水交融地结合为一体,或按现在的知识框架与阅读习惯进行章节分类,也有的循原书结构撷取相应内容并作诠解,从而使全局与局部相映相辉,高屋建瓴与积沙成塔相互统一。

"新世纪文史哲经典读本"更是前述两套丛书的拓展与简约。其范围涵盖文学经典、历史经典与哲学经典,希望用最省净的篇幅,抉示中华文化的本质精神。

该套丛书问世以来,已在读者中享有良好的口碑。为了延伸其影响,本社于 2011 年特在其中选取十五种,请相关作者作了修订或增补,重新排版装帧,名之为"中国古代文史经典读本",以飨读者。出版之后,广受读者的好评,并于 2015 年被评为"首届向全国推荐中华优秀传统文化普及图书"。受此鼓舞,本社续从其中选取若干种予以改版推出,并得到国家有关部门的支持,多种获得 2016 年普及类古籍整理图书专项资助。希望改版后的这套书能继续为广大读者喜欢,为弘扬中华优秀传统文化作出贡献。

上海古籍出版社

2017 年 6 月

目　录

陶渊明

导　　言

采菊东篱下,悠然见南山。

(《饮酒》之五)

——在大多数中国人的心目中,晋代陶渊明就是这样一个风姿潇洒、心定气闲的隐逸诗人。不错,这确实是这位大诗人最好的自画像。因为在他的许多作品中,都留下了类似的抒写。从最初五柳先生的箪瓢屡空、忘怀得失,到临终前的从老得终、奚所复恋,从辞官归隐时的如释重负,到躬耕田垄后的无怨无悔,从在现实生活中与村民相处的自得其乐,到对理想境界桃花源的美好憧憬,无不一以贯之地表现了远离世俗尘嚣、安贫乐命的洒脱和闲适。所以他很早就赢得了"古今隐逸诗人之宗"(钟嵘《诗品》)的桂冠。

　　然而，当人们进一步走近他时，又不难发现其实诗人的内心，并不一直像他在多数场合所显示的那样静如止水。相反，在不少时候，他的情感又是十分激烈的。且不说少年时曾有"猛志逸四海，骞翮思远翥"（《杂诗十二首》之五）的激情，成年后在《感士不遇赋》中借古叹今，在《闲情赋》中抒发追求理想的执着，直到晚年，他还"慷慨独悲歌"，以激愤的心情赞美敢与命运抗争的夸父、精卫鸟，并在《咏荆轲》一诗中歌颂舍身报国的英雄。因此前人又说他的诗"人皆说是平淡，据某看他自豪放，但豪放得来不觉耳。其露出本相者，是《咏荆轲》一篇。平淡底人如何说得这样言语出来"（朱熹《朱子语类》）。如果联系有关他辞官彭泽令是为了不愿为五斗米折腰向乡里小儿、入宋后没有一篇作品题刘宋年号的传说和实情来看，那么他的心高气傲和难忘世事，又是非常突出的。

　　怎样理解诗人在创作中显示出来的这种看似截然相反的矛盾呢？其实这也并不难解。因为人的本身就是诸多矛盾的集合体，再加上时代、社会、出身、个性、遭遇等因素的作用,写出的作品自然不可能面目一致。最可贵的是作家能在不同时期、不同情况中,始终真实地再现真实的自我,不作掩饰地将自己的真情实感坦诚地呈现出来。而陶渊明正是这样的作家,他的诗文也正是这样的作品。晋宋之交的时代使他看惯了动乱和篡夺,市朝竞趋的社会让他深恶虚伪和狡诈,名勋后裔的出身给了他高贵的血液,不受拘羁的个性促成他率直任真,初仕终隐的遭遇赋予他豁达的胸襟。他以真诚的人生来对抗时代的虚伪,以清新的自然来抵御社会的混浊,同时又以古人为榜样来笑对贫富生死,以朴素的笔墨来传写喜怒哀乐。他的诗文之所以倍受后人的推重,即与他这种处世为人和创作的同样真诚有关。诗文即人在他的身上得到了最好的体现。这也就是历代和陶之作虽然汗牛充栋,却很少能够企及陶诗的原因所在。

在晋末宋初,陶渊明是一个极具个性的作家。他嗜酒,但因家贫而不能常得,亲友知道他的爱好,有时就请他去喝。他总是有邀必至,一饮必醉,醉后自去,从不客气。有一年过重阳节,恰巧没酒喝,他就坐在菊花旁等人送来。他喜读奇书,却不求甚解,遇到会心处便欣然忘食。他又好古,曾多次自称羲皇上人,自比葛天氏民。他爱弹琴,身边的琴却从不安弦。他不在意人生的富贵通达,也看轻世间的喧闹浮华。他乐意和乡间老农论麻话桑,和知己谈诗说文,甚至在为饥饿所迫时宁愿向人乞食,也不愿与官场俗吏委蛇周旋,或对达官贵人低声下气。即使身患重病、面临死亡,他也毫不畏惧,自己预先写好挽歌和祭文。在他一生的性情和行事中,都可以看到魏晋名士的典型风骨。他的坦然和执着,使他的人格显然高出时人和流辈。

在历史上,陶渊明又是一个深有影响的大诗人。他的诗文尽管不显于时,但从梁代起就好评如潮,不仅后起效法、和作代不乏人,而且论者称誉褒扬有加。除了他首创田园诗、最先大量描写田园风光和农耕生活,在诗歌史上具有里程碑意义之外,纵观历代的评论,大致有两点最可留意。那就是从总体倾向来说,陶诗"语健而意闲",原因在于"隐者多是带气负性之人为之",而陶正是"欲有为而不能者也"(《朱子语类》)。由此入手可以把握他创作的主要脉搏。从具体风格来说,陶诗又具备寓奇于常、似癯实腴的特点。也就是说诗人的取材不外日常所见,但表现的意趣却往往出奇制胜;写出的语句没有什么特别,而蕴含的内容却十分丰富。如苏轼就曾以"暖暖远人村"、"采菊东篱下"等句为例,说"大率才高意远,则所寓得其妙,遂能如此。如大匠运斤,无斧凿痕"(李公焕《笺注陶渊明集》引《冷斋夜话》)。正因为如此,后人学陶,大都只能得其一端而已。如沈德潜《说诗晬语》称"陶诗胸次浩然,其中有一段渊深朴茂不可到处。唐人祖述者,王右丞(维)有其清腴,孟山人(浩然)有其闲远,储太祝(光羲)有其朴实,韦左司(应物)有其冲和,柳仪曹(宗元)有其峻洁,皆学焉而得其性之所近"。由此可见其大家风范足以垂典百代。

　　走近诗人,展现在你面前的,将不仅是一个平淡而又真实的人生,而且还是一个能折射出时代和自然风采的丰富的情感世界。让我们和诗人一起去体味盛夏时卧北窗下遇凉风的快感,或感受荷锄夜归秋露沾衣的滋味,在菊花盛开时一醉方休,在赏析诗文时陶然忘机,从脚踏实地的生活中去寻觅一些真诚和灵感,在心与心交流之时去获取几分朴实和执着。

一、时仕时隐

陶渊明（369—427），名潜，字渊明、元亮（一说他在晋时名渊明，入宋后改名潜），别号五柳先生，死后友人私谥"靖节征士"，世称陶靖节或陶征士。寻阳柴桑（今江西九江西南）人。他出生在一个没落的官僚家庭，曾祖父陶侃是东晋赫赫有名的开国元勋，官至大司马、都督八州军事，封长沙郡公。但由于"望非世族"，遂在门阀制度森严的朝廷中受人讥讽。他的祖父陶茂、父亲陶敏都曾为官，但家族却已日渐衰落。渊明的母亲孟氏，是东晋名士孟嘉之女、陶侃的外孙女。渊明出生时，家境更是每况愈下，甚至到了"箪瓢屡空"的贫困地步。

青年时期，陶渊明过的是"居无仆妾，井臼弗任，藜菽不给,母老子幼,就养勤匮"(颜延之《陶征士诔》)的艰难生活,但他并不为意,平生耽好儒家六经,又深受老庄及魏晋玄学影响,始终崇尚自然、淡泊名利。出身名流却并非世族,祖上荣耀却家道衰落,加之身处东晋十六国的动乱时期,以及深受"儒玄双修"的时风熏染,都对他的人生道路、处世方式,乃至文学创作风格,产生了决定性的重大影响。

陶渊明最初出为江州祭酒,是在太元二十一年(396),最后为官彭泽令,是在义熙元年(405),前后历时十年。在此期间,他曾先后出任过桓玄的幕僚、刘裕镇军参军和刘敬宣建威参军,任期长则几年,短则数月。关于出仕和辞官的原因,据《宋书》本传、萧统《陶渊明传》及其本人的自述,大约不外"亲老家贫"和"不堪吏职",即迫于家庭生计和性不谐俗两点。但若予深究,则又不尽其然。如他入幕桓玄,正值其高举勤王义旗之时;他为官刘裕军,又恰逢其讨伐桓玄篡晋之日。这种历史的"巧合",正说明陶渊明并不是一个自甘淡泊、不思有所作为的人;相反,他曾胸怀"大济苍生"的抱负,只是在看惯了世事翻覆、"有志不获骋"的情况下,最后才迫不得已地选择了归隐的道路。

在这段时间内,他留下了从《五柳先生传》到《归去来兮辞》等一批诗文佳作。从中不难看出他徘徊在出仕和归隐之间的心理路程,以及早期创作的质朴风格。

五柳先生传

先生不知何许人也①,亦不详其姓字。宅边有五柳树,因以为号焉。闲靖少言②,不慕荣利。好读书,不求甚解③。每有会意,便欣然忘食。性嗜酒,家贫不能常得,亲旧知其如此,或置酒而招之。造饮辄尽④,期在必醉;既醉而退,曾不吝情去留⑤。环堵萧然⑥,不蔽风日。短褐穿结⑦,箪瓢屡空,晏如也⑧。常著文章自娱,颇示己志。忘怀得失,以此自终。

赞曰:黔娄之妻有言⑨:"不戚戚于贫贱,

不汲汲于富贵⑩。"极其言兹若人之俦乎⑪？酣
觞赋诗⑫，以乐其志。无怀氏之民欤⑬，葛天氏
之民欤？

① 何许人：什么地方人。

② 闲靖：安闲平静。

③ 不求甚解：指不穿凿附会，刻意求深。

④ 造：到，去。辄：总。

⑤ 吝情：在意，顾及。

⑥ 环堵：指屋内四壁。萧然：空虚貌。

⑦ 褐：粗布衣。穿：破洞。结：补丁。

⑧ 箪瓢二句：语本《论语·雍也》："子曰：一箪食，一瓢饮，
在陋巷，人不堪其忧，回也不改其乐。"箪，盛食竹器。瓢，
舀水用具。晏如，安然自在。

⑨ 黔娄：春秋时鲁人，不求仕进。死后妻子说他"不戚戚于
贫贱，不忻忻于富贵"（《列女传》）。

⑩ 戚戚：忧愁不解貌。汲汲：尽力以求貌。二句又见《汉
书·扬雄传》。

⑪ 极：推究。其言：指黔娄妻之言。俦：类。

⑫　酣觞：犹畅饮。觞，酒杯，代指酒。

⑬　无怀氏：与下"葛天氏"同为传说中民风淳朴时的上古
　　帝王。

　　据沈约《宋书·隐逸传》及萧统《陶渊明传》等书记
载，诗人"少有高趣，尝著《五柳先生传》以自况……时
人谓之实录"，且事在"起为州祭酒"之前，因知它是陶
渊明出仕前的一篇早期作品。这篇传记以自画像的方
式记事立言，真实而又传神地反映了传主年轻时贫寒的
家境和处之泰然的情怀。你看他尽管家贫，"环堵萧
然，不蔽风日。短褐穿结，箪瓢屡空"，却全然不以为
怀。相反，读书成癖，却不求甚解，只求意会；嗜酒成性，
而不能常得，逢招必醉；著文成习，又自得其乐，以明心
志——一种率真、任性而又豁达、洒脱的情怀，一个"不
慕荣利"、"忘怀得失"的高士形象，就这样通过寥寥数
语，被栩栩如生地传示了出来，让人直觉面对的就是性
情淳朴的上古遗民。诗人以后的人生道路，虽然曾因迫
于生计而不得不违心出仕，但仕而复隐直至终结的总体

轨迹,则完全实践了他在这篇短文中所称许的处世美德,那就是"不戚戚于贫贱,不汲汲于富贵"。因此这篇早期之作,既是陶渊明为人性格特征的真实写照,同时又是他一生处世的行为准则。我们今天要走进诗人所处的那个时代和那种生活环境,要体验他的感受、了解他的情怀,就不能不由此起步。

辛丑岁七月赴假还江陵夜行涂口

闲居三十载,遂与尘事冥①。诗书敦宿好②,林园无世情。如何舍此去,遥遥至南荆③。叩枻新秋月④,临流别友生⑤。凉风起将夕,夜景湛虚明⑥。昭昭天宇阔⑦,皛皛川上平⑧。怀役不遑寐⑨,中宵尚孤征⑩。商歌非吾事⑪,依依在耦耕⑫。投冠旋旧墟⑬,不为好爵萦⑭。养真衡茅下⑮,庶以善自名⑯。

① 冥:昏暗不清。

② 敦：看重。宿好：平生嗜好。

③ 南荆：荆州(治江陵,今属湖北)在晋宋时的称谓。一作"西荆"。

④ 叩枻(yì)：击桨。枻,船桨。

⑤ 友生：朋友。《诗经·小雅·常棣》："虽有兄弟,不如友生。"

⑥ 湛：澄清。虚明：空旷明朗。

⑦ 昭昭：明亮貌。

⑧ 晶晶(xiǎo)：皎洁貌。

⑨ 役：指因公赴假还江陵。遑：闲暇。

⑩ 中宵：半夜。征：远行。

⑪ 商歌：春秋时宁戚穷困,因行商于齐,饭牛车下,"击牛角而疾商歌",遂为桓帝所用(见《淮南子·道应训》)。后以商歌指自荐求官。

⑫ 依依：思慕貌。耦耕：并肩而耕。语出《论语·微子》。

⑬ 投冠：即挂冠弃官。旋：回返。旧墟：故乡。

⑭ 好爵：指高官厚禄。

⑮ 养真：保持修炼本性。衡茅：横木为门的茅草屋。

⑯ 庶：幸,希冀之词。善自名：保持好自己的名声。

陶渊明第一次外出做官，是在晋武帝太元二十一年
（396）。当时他28岁，已与发妻生有长子俨和次子俟。
因迫于"亲老家贫"、"母老子幼"，"起为州祭酒（学官
名）"（《宋书·隐逸传》），不久解归。安帝隆安三年
（399）冬始仕桓玄幕府。期间曾于隆安五年（401，即诗
题中的"辛丑岁"）回浔阳休假，七月期满还江陵，路经
涂口（今湖北安陆）时写了这首诗（按本书陶诗系年，多
参考龚斌《陶渊明集校笺》所附《陶渊明年谱简编》，上
海古籍出版社1996年版）。

由于公职在身，这天深夜渊明孤身一人尚在旅途，
不免对景生叹，感慨系之。诗从怀念往日闲居的自由自
在入手，先写出远离尘事世情、偏好诗书园林的本性，然
后用"如何"两字转折，抒写假满后不得不远赴南荆身
不由己的无奈。虽然这时江天空阔，新月皎洁，凉风吹
拂，景色怡人，但是为行役所累的诗人却无心欣赏，他心
中充满了沉重的失落感。与过去无拘无束的闲居生活
相比，眼下的旅途奔波和夜不能寐简直使人无法忍受，
于是自然萌生了强烈的去意。既然自己追求的不是春

秋时宁戚所向往的高官厚禄，而是像古代贤人长沮、桀溺那样躬耕田亩，那么又何不就此投冠归里，在茅屋中修身养性、保持名节呢？全诗就事感怀，即景抒情，集中表现了即使在为官任职期间，归朴返真也始终是诗人时刻萦绕于心的人生目标。而这种对人性自适的不懈追求，正是陶渊明诗文创作的灵魂。

癸卯岁始春怀古田舍二首(选一)

先师有遗训，忧道不忧贫[①]。瞻望邈难逮[②]，转欲志长勤[③]。秉耒欢时务[④]，解颜劝农人。平畴交远风[⑤]，良苗亦怀新。虽未量岁功[⑥]，即事多所欣。耕种有时息，行者无问津[⑦]。日入相与归，壶浆劳近邻[⑧]。长吟掩柴门，聊为陇亩民。

[①] 先师二句：孔子有"君子忧道不忧贫"之语（见《论语·卫灵公》）。道指道德修养。

② 瞻望：仰望。邈：遥远。逮：及。

③ 长勤：指常年累月辛勤耕作。

④ 秉：执持。耒：泛指农具。时务：应时的农活。

⑤ 平畴：平整的田地。交：接受。

⑥ 量：估算。岁功：一年的收获。

⑦ 问津：孔子曾让子路去问路于躬耕田亩的长沮、桀溺（见《论语·微子》），此即以长沮、桀溺自况。津：渡口。

⑧ 壶浆：以壶装酒。劳：慰问。

　　一个突发事件，使诗人在前首诗中期盼的"依依在耦耕"随即变成了现实。那是隆安五年（401）冬，诗人因母亲孟氏病故，离职回寻阳居丧，得以重新亲躬农事。这两首作于癸卯岁（即元兴二年，403）的田舍怀古诗，即以轻松的笔调，描写了归耕故里的喜悦心情。其第一首为：

> 在昔闻南亩，当年竟未践。
>
> 屡空既有人，春兴岂自免。
>
> 夙晨装吾驾，启途情已缅。
>
> 鸟弄欢新节，泠风送余善。
>
> 寒竹被荒蹊，地为罕人远。

是以植杖翁，悠然不复返。

即理愧通识，所保讵乃浅。

　　这里选注的是第二首。在首引"忧道不忧贫"的先师遗训作为立身的依据之后，诗人就眼前所见和身边所事落笔，把初春田野欣欣向荣的景象和秉耒担浆的耕种交织在一起，使人在感受"平畴交远风，良苗亦怀新"的同时，充分领悟了诗人以长沮、桀溺自况的称心如愿。尽管生活贫苦，农事辛劳，但春光可喜，农人可亲，足以调适身心，遵循遗训。诗中"平畴"二句生意盎然，尤为一时兴到之言；一个"交"字，把风吹拂旷原的情形表现得异常生动。与此相似的描写，还有四言诗《时运》中的"有风自南，翼彼新苗"。如果不是经常亲躬农事，细心观察，是不可能获得这种欣喜，写出如此自然入妙的诗句的。陶诗的清新和淳朴，由此可予体味。

和郭主簿二首（选一）

蔼蔼堂前林①，中夏贮清阴②。凯风因时

来③,回飙开我襟④。息交游闲业⑤,卧起弄书琴。园蔬有余滋⑥,旧谷犹储今。营己良有极⑦,过足非所钦。春秫作美酒⑧,酒熟吾自斟。弱子戏我侧,学语未成音。此事真复乐,聊用忘华簪⑨。遥遥望白云,怀古一何深。

① 蔼蔼:茂盛貌。

② 中夏:仲夏,夏季第二个月。贮:积存。

③ 凯风:南风。

④ 回飙:回旋之风。

⑤ 息交:停止交往。闲业:指下句中的"弄书琴"。

⑥ 余滋:多种美味。

⑦ 营己:料理自己。良:实在。极:限度。

⑧ 春秫(shú):捣碎谷物。秫,一种黏性谷物。

⑨ 用:以。华簪:华美的固冠饰物,此代指荣华富贵。

    陶渊明在寻阳因母丧居忧期间,由于有了前一阶段出仕的经历,这时更加觉得远离尘事俗务、耕种田亩的踏实和亲切。这首诗与前诗作于同年,题中的"郭主簿"生平不详,主簿是县级管理文书的小官。原诗二首,这是第二首。写的是春耕已过、秋收未到时,夏天一段短暂的空闲。前四句写景记实,时值仲夏,尽管是一年中最炎热的季节,但由于堂前有茂密的树木遮挡,南风因时吹来,使身处堂上的诗人感到阵阵清凉。其中一个"贮"字,不仅形象、含蓄地留住了自然界不可触摸的感受,而且还生动地体现了诗人内心的平静,这是整首诗的诗眼。由此出发,诗人在睡起后悠闲地翻开诗书读上几页,操起琴来弹上几曲。日常生活因耕作而不乏新鲜的菜蔬和陈年的谷粮,又有可供品尝的自制美酒,这不能不使他深感满足;加上幼子在旁嬉笑玩耍,能充分享受难得的天伦之乐,更使他感到有了这种现实生活真实的乐趣,便足以抛弃对世俗荣华的虚幻追求。末二句遥望白云,怀古情深。从表面看,是宕开一笔,以景情两得收结,似无具体所指;但如果联系其他作品,如前录一文二诗所涉及的怀古内容来看,那么像黔娄之妻、先师孔子、长沮、桀溺等一些古代贤人形象就会一一浮现。

由此可见,时时以古代贤人的言行自砺,以及始终尽可能地从现实的农耕生活中发掘出真实的乐趣,是诗人一生之所以能不断抵御世俗利禄诱惑的两大精神支柱,而这也恰恰形成了诗人独特的人格魅力,使他能在后代深受推崇。

癸卯岁十二月中作与从弟敬远

寝迹衡门下①,邈与世相绝②。顾盼莫谁知,荆扉昼长闭③。凄凄岁暮风,翳翳经日雪④。倾耳无希声⑤,在目皓已洁。劲气侵襟袖⑥,箪瓢谢屡设⑦。萧索空宇中,了无一可悦⑧。历览千载书,时时见遗烈⑨。高操非所攀,谬得固穷节⑩。平津苟不由⑪,栖迟讵为拙⑫。寄意一言外,兹契谁能别⑬。

① 寝迹:止迹,指隐居。衡门:横木为门的陋室。

② 邈:远。世:指繁华的城市。

③ 荆扉：柴门。閟：同"闭"。

④ 翳翳(yì)：阴暗貌。经日：整天。

⑤ 希声：轻微的声响。

⑥ 劲气：强劲的寒气。

⑦ 箪：盛食竹器。瓢：舀水或盛酒用的器皿。箪瓢指简陋的饮食，语出《论语·雍也》。谢屡设：不常设。

⑧ 了无：竟无。

⑨ 遗烈：留存的业绩。

⑩ 谬得：错承。自谦语。固穷节：言坚持安贫乐道的节操。

⑪ 平津：坦途，此指入仕道路。苟：假如。由：经历。

⑫ 栖迟：游息，指归隐。讵：岂，难道。

⑬ 兹契：这种体悟。指以上对出仕和归隐的领会。

　　在支撑陶渊明的两大精神支柱中，后者即现实生活中的乐趣并不是时常都有的；当它一旦消失时，那么前者，也就是古代贤人的品行，就自然成了他坚守阵地的唯一的依靠了。这首诗虽与前二首作于同年，但时值隆冬严寒，生活清苦，田园生气全无。即便如此，诗人还是以书中记载的历代遗烈自我砥砺，并与表弟敬远相互勉励,坚持不为荣华富贵所动的为人节操。当时诗人曾为其幕僚的桓玄已称帝改元,而诗仍以旧书干支"癸卯"纪年,正可发人深思。因此清人陶必铨曾指出其"著眼年月,方知文字之外,所具甚多"(《萸江诗话》)。诗中前四句记事,衡门闭关,不与人接;接四句写景,是咏雪名句;次四句写屋空食陋,天冷情索;后四句突兀振起,以遗烈为楷模自固穷节,凛然不屈;末四句对比仕隐,傲物自高。从中我们不仅可以体会出全诗如层波叠浪般的章法技巧,而且更主要的是能明显地触摸到诗人高傲的心性。诚如延君寿《老生常谈》所说:"每闻人称陶公恬淡,固也;然试想此等人物,如松柏之耐岁寒,其劲直之气与有生俱来,安能不偶然流露于楮墨之间!"这真是所谓知人论诗之言了。

归去来兮辞 并序

　　余家贫,耕植不足以自给。幼稚盈室,瓶无储粟①,生生所资②,未见其术。亲故多劝余为长吏③,

脱然有怀④，求之靡途⑤。会有四方之事⑥，诸侯以惠爱为德⑦，家叔以余贫苦⑧，遂见用于小邑。于时风波未静⑨，心惮远役⑩，彭泽去家百里⑪，公田之利，足以为酒，故便求之。及少日，眷然有归与之情⑫。何则？质性自然，非矫厉所得⑬。饥冻虽切，违己交病。尝从人事，皆口腹自役⑭。于是怅然慷慨，深愧平生之志。犹望一稔⑮，当敛裳宵逝⑯。寻程氏妹丧于武昌⑰，情在骏奔⑱，自免去职。仲秋至冬，在官八十余日。因事顺心，命篇曰《归去来兮》。乙巳岁十一月也⑲。

① 瓶：古代储粮陶器。

② 生生所资：维持生计的需要。

③ 亲故：亲戚旧友。长吏：县级官吏。

④ 脱然：漫不经心貌。

⑤ 靡途：没有门路。

⑥ 会有：适逢。四方之事：指地方割据势力相互争战。

⑦ 诸侯：指江州刺史、建威将军刘敬宣。

⑧ 家叔：指太常卿陶夔。

⑨ 风波未静：指各地战火未熄。

⑩ 惮：害怕，担忧。远役：去远方任职。

⑪ 彭泽：今属江西。去：离。

⑫ 眷然：思恋貌。归与：回去。语出《论语·公冶长》。

⑬ 矫厉：矫正磨砺，犹强迫限制。

⑭ 口腹自役：指为糊口而役使自己。

⑮ 一稔(rěn)：一年。稔，谷物成熟。

⑯ 敛裳：收拾行装。宵逝：连夜启程。

⑰ 寻：不久。程氏妹：嫁给程氏的妹妹。作者另有祭文。武
昌：今湖北鄂城。

⑱ 骏：急。

⑲ 乙巳：晋安帝义熙元年(405)。

　　归去来兮,田园将芜胡不归①? 既自以心
为形役②,奚惆怅而独悲③? 悟已往之不谏,知
来者之可追④。实迷途其未远,觉今是而昨非。
舟遥遥以轻飏⑤,风飘飘而吹衣。问征夫以前

路，恨晨光之熹微⑥。乃瞻衡宇⑦，载欣载奔⑧。僮仆欢迎，稚子候门。三径就荒⑨，松菊犹存。携幼入室，有酒盈樽⑩。引壶觞以自酌⑪，眄庭柯以怡颜⑫。倚南窗以寄傲⑬，审容膝之易安⑭。园日涉以成趣，门虽设而常关。策扶老以流憩⑮，时矫首而遐观⑯。云无心以出岫⑰，鸟倦飞而知还。景翳翳以将入⑱，抚孤松而盘桓⑲。

① 胡不归：语本《诗经·邶风·式微》。胡：为何。

② 心为形役：即"口腹自役"，为了生活而扭曲本性。

③ 奚：为什么。

④ 悟已往二句：语本《论语·微子》："往者不可谏，来者犹可追。"谏，劝阻挽回。追，指重新开始。

⑤ 遥遥：同"摇摇"，摇晃貌。飏：飘荡。

⑥ 熹微：晨光微弱。

⑦ 瞻：望见。衡宇：犹衡门，横木为门，指陋居。

⑧ 载：语助词。欣：高兴。

⑨ 三径：用《三辅决录》载汉代名士蒋诩隐居，只辟三条小道
　与求仲、羊仲往来事，指舍前小道。就：将。

⑩ 樽：贮酒器。

⑪ 引：把持。壶觞：酒壶酒杯。

⑫ 眄(miǎn)：闲视。柯：树枝。怡：取悦。

⑬ 寄傲：寄托傲世的情怀。

⑭ 审：深知。容膝：极言居处狭窄。句本《韩诗外传》记北郭
　先生妻言"所安不过容膝"语。

⑮ 策：手执。扶老：即扶竹，因可作老人的手杖而称。流憩：
　留连休息。

⑯ 矫首：抬头。遐观：远眺。

⑰ 岫(xiù)：山坳。

⑱ 景：阳光。翳(yì)翳：渐渐昏暗。

⑲ 盘桓：徘徊不去。

　　归去来兮，请息交以绝游①。世与我而相
违，复驾言兮焉求②？悦亲戚之情话，乐琴书以
消忧。农人告余以春及，将有事于西畴③。或
命巾车④，或棹孤舟⑤。既窈窕以寻壑⑥，亦崎

岖而经丘^⑦。木欣欣以向荣,泉涓涓而始流。善万物之得时,感吾生之行休^⑧。已矣乎! 寓形宇内复几时^⑨,曷不委心任去留^⑩? 胡为乎遑遑欲何之^⑪? 富贵非我愿,帝乡不可期^⑫。怀良辰以孤往,或植杖而耘籽^⑬。登东皋以舒啸^⑭,临清流而赋诗。聊乘化以归尽^⑮,乐夫天命复奚疑^⑯!

① 息交、绝游:同义反复,指与官场世俗断绝交往。

② 驾言:指驾车出游。语本《诗经·邶风·泉水》"驾言出游"。言,语助词。

③ 有事:指农事。畴:田亩。

④ 巾车:有帷之车。

⑤ 棹:桨,此用作动词,划。

⑥ 窈窕:幽深貌。壑(hè):沟谷。

⑦ 崎岖:高低不平貌。

⑧ 行休:即将结束。

⑨ 寓形:寄身。宇内:犹世间。

⑩ 曷：何。委心：顺从本意。去留：指死和生。

⑪ 遑遑：匆促不安貌。欲何之：指四处奔波。之，至。

⑫ 帝乡：天帝所居之仙境。期：盼望。

⑬ 植杖：插杖于地。耘籽：除草壅苗。

⑭ 皋：水边高地。舒啸：放声长啸。啸，撮口而呼。

⑮ 乘化：顺应自然变化。归尽：指死。

⑯ 乐夫天命：语本《易·系辞》"乐天知命故不忧"，指乐于听
从自然命运。

　　渊明于隆安五年（401）冬因母卒归寻阳居丧，于元
兴三年（404）期满，东下京口，为刘裕镇军参军，有《始
作镇军参军经曲阿作》等诗。次年三月，为刘敬宣建威
参军，有《乙巳岁三月为建威参军使都经钱溪》等诗。
八月，改作彭泽令。在职不满百日，就在十一月以妹病
逝武昌前往奔丧为由，辞官归里。这篇《归去来兮辞》
即作于当时，它是诗人一生中树立在仕、隐两个阶段间
的一块界碑。

　　辞前小序，以简洁精炼的文笔，交待了写作的原因。

诗人的外出做官，实出于为生计所迫的无奈。几经周折，最终还因"质性自然"，不愿违背本性，在"饥冻虽切"与"违己交病"的矛盾中作出了"自免去职"的果断抉择。序作于乙巳岁冬，辞却全是春日归里时的情景描写，前人因有"追录"之说。其实，这是文学创作中常见的即兴想象，完全不必拘泥于一时一地。

辞分前后两段，各以"归去来兮"领起。前段以流畅轻松的笔调，传写出辞官返归故乡途中及到家时的欢快情形。其中"悟已往之不谏，知来者之可追。实迷途其未远，觉今是而昨非"四句，是整篇的主旨所在，也是全文一片神行的基点。归途中的急不可待以及回家后的称心遂意，处处流露出一种儿童般的天真，一种如释重负的快惬，画面如见，真情可感。后段揣想居家时的种种生活情景，其中充满了亲情的真诚、琴书的愉悦、农事的可亲、自然的感召和人生的自得。在行云流水似的字里行间时时回荡着对自然的赞美、对生命的讴歌。它是诗人经过长期痛苦的矛盾斗争后作出的果断抉择，是从诗人内心深处迸发和流淌出来的一片真情。

　　如果说宋代欧阳修云"晋无文章,惟陶渊明《归去来辞》一篇而已"(李公焕《笺注陶渊明集》卷五引)显得有些夸张,那么在当时和后世,能与其相埒者,确实也寥寥无几。前人曾把此文与诸葛亮《出师表》、刘伶《酒德颂》和李密《陈情表》并举,说这些文章"皆沛然如肝肺中流出,殊不见斧凿痕"(《诗人玉屑》卷十三李格非论《归去来辞》)。又说其"自出机杼,所谓无首无尾,无终无始,前非歌而后非辞,欲断而复续,将作而遽止;谓《洞庭钧天》而不淡,谓《霓裳羽衣》而不绮,此其所以超然乎"(《诗人玉屑》卷十三休斋论《归去来辞》),这又是从章法上叹其出神入化了。宋代苏轼的《赤壁赋》在天趣凑泊上或可与其相比,但纯真任情却又有所不及。这也是后代学陶者虽然层出不穷,而罕有能及的关键所在。

二、躬耕田垄

　　大约在三十七八岁时，经过长期矛盾的抉择，陶渊明终于作出了一生中最重要的决定，那就是从此永远告别仕途，完全走上归耕田园的道路。在后来的二十多年中，尽管有人多次劝他出去做官，艰辛的农耕生活有时甚至让他饱受饥寒交迫之苦，但他始终初心不变，没有向生活和命运低头，直至生命的终结。

　　在隐居家乡柴桑的初期，正值壮年的诗人虽然经历过像失火迁居一类生活变故，体验着一年四季天气和庄稼给农人带来的喜怒哀乐，可总体状况还基本能维持温饱，既有日出月入的辛劳，也有读书抚琴的闲逸。在这段相对平稳的岁月里，他一方面在与身边景物诸如望中的南山、东篱的秋菊、庭园内的青松和晚风中的飞鸟等进行无言的交流中，时时获取对自然之道的领悟；另一方面也在与家人的团聚、邻人的交往中，处处感受到可与伪诈世风相对抗的真诚淳朴。正是这种来自自然和人生的双重作用，使诗人不仅坚定了自己的生活信念，同时也孕育并形成了自己委运自然的人生观，催化了一大批以此为思想内核的描写田园风光、四季劳作和人际交往的诗文佳作，并由此完成了作为中国历史上第一位隐逸诗人独特人格的冶炼和锻铸。

可以说辞官归田的头十几年是诗人创作最为丰厚、特色最为鲜明的时期。在他先后创作的一系列诗文名篇如《归田园居五首》、《移居二首》、《读山海经十三首》、《闲情赋》、《饮酒二十首》等作中，人们既能欣赏到"暧暧远人村，依依墟里烟。狗吠深巷中，鸡鸣桑树颠"、"郁郁荒山里，猿声闲且哀。悲风爱静夜，林鸟喜晨开"的山乡景色，又能感受"时复墟曲中，披草共来往。相见无杂言，但道桑麻长"、"农务各自归，闲暇辄相思。相思则披衣，言笑无厌时"的农家情趣。当然，其间又不乏"晨兴理荒秽,待月荷锄归"、"山中饶霜露,风气亦先寒。田家岂不苦,弗获辞此难"的生活艰辛。至于诸如"久在樊笼里,复得返自然"的欣喜,对理想中美人连发十愿的执着追求,赞叹夸父追日、精卫填海、刑天舞干戚、荆轲刺秦王等壮举,以及"若复不快饮,空负头上巾"的疏狂,无不畅开胸怀,坦陈曲衷,让人看到了一个有血有肉、敢恨敢爱的鲜活人生。因此,读这一时期陶渊明的诗文,是深入了解其人的关键。

归园田居五首（选三）

少无适俗韵[①],性本爱丘山。误落尘网中[②],一去三十年[③]。羁鸟恋旧林[④],池鱼思故渊。开荒南亩际,守拙归园田[⑤]。方宅十余亩,草屋八九间。榆柳荫后檐,桃李罗堂前。暧暧远人村[⑥],依依墟里烟[⑦]。狗吠深巷中,鸡鸣桑树颠[⑧]。户庭无尘杂,虚室有余闲。久在樊笼里^⑨,复得返自然。

① 适:适应、投合。俗韵:世俗的情趣。

② 尘网:指官场仕途。语出东方朔《与友人书》。

③ 三十年:"三"当为"已"字之误,指渊明初为江州祭酒
（396）至辞彭泽令归田（405）之时。

④ 羁鸟:笼中之鸟。羁,受束缚。

⑤ 守拙:与取巧相对,言保持淳朴的本性。

⑥ 暧暧:昏暗貌。

⑦ 依依:隐约可辨貌。墟里:村落。

⑧ 狗吠二句:语本汉乐府《古鸡鸣行》。

⑨ 樊笼:关鸟兽的笼子,喻指仕宦。

　　这组诗共五首,与《归去来兮辞》作于同时或稍后,
因此意脉前后联贯相通。尤其是这第一首,前八句几乎
全是辞中所谓"质性自然,非矫厉所得"和"觉今是而昨
非"的翻版。其中把出仕称作"适俗韵"和"误落尘网",
悔悟之意非常明显;而性爱丘山、鸟恋旧林、鱼思故渊的

比喻,又将自己的秉性气质表示得十分清楚。尤其是"守拙归园田"五字,明确揭出组诗所要抒写的内容,具有提纲挈领的作用。与《归去来兮辞》对归隐的激情宣泄不同,组诗偏重于对归隐后现实生活情形的客观描写,这在第一首诗的后十二句中,即有明确的反映。其中"方宅"四句写居住环境:宅旁有田,屋后榆柳成荫,堂前桃李罗列;"暧暧"四句写四周景色,前两句为眼见,后两句系耳闻,不仅形象,而且典型,深为后人赏叹;末四句则由外界的洁净无尘、安闲自适,进而为内心的恬静淡泊,这又是由内外交感所产生的最高境界。诗人一直祈求的归朴返真的人生真谛,在这里得到了最理想的表现。后来他又在晚年把诗中所描写的景色,具体想象演化为桃花源式的仙境,令古往今来的读者对之都羡慕不已。

此诗极为后人推崇。方东树称其"纵横浩荡,汪茫溢满,而元气磅礴,大含细入,精气入而粗秽除,奄有汉魏,包孕众胜,后来唯杜公有之"。又说"少无"八句"当一篇大序文,而气势浩迈,跌宕飞动,顿挫沉郁";"羁鸟"二句"于大气驰纵之中,回鞭弹鞚,顾盼回旋";"方宅"十句"笔势骞举,情景即目,得一幅画意"(《昭昧詹言》)。

　　野外罕人事①,穷巷寡轮鞅②。白日掩荆
扉③,虚室绝尘想。时复墟曲中④,披草共来
往⑤。相见无杂言,但道桑麻长。桑麻日已长,
我土日已广。常恐霜霰至⑥,零落同草莽。

① 罕:稀少。人事:指交往应酬。

② 轮鞅:代指车马。鞅,马颈上的皮带。

③ 荆扉:用柴草编织的门窗。

④ 墟曲:乡村。

⑤ 披:拨开。

⑥ 霰(xiàn):小雪珠。

　　从官场人事的烦杂中解脱出来,诗人对生活的第一
感觉是由闹而静,由矫情屈行到坦诚无饰。这是组诗中
的第二首,继前篇描写环境与心情之后,着重抒发了乡
居生活的宁静和淳朴。身处偏僻的野外穷巷,远离了尘

世人往车来的喧闹繁杂；白天掩了柴草编成的院门，在空空的屋中连思想都得到了最大限度的净化。如果说诗的前四句立足于居住的清静，那么中四句则突出了交往的单纯。你看他时常出现在乡村中，拨开丛生的杂草与邻人往来；见面后不说别的，只讲些地里桑麻生长的情况。由此可见诗人这时已完全融入了普通的村民之中，与他们有了共同关心的话题。这还不算，最后四句先写农事之喜：桑麻渐渐长大，土地逐日开垦，辛勤的劳动得到了预期的回报；后写农事之忧：经常担心天气会突然变冷，地里的庄稼会同草丛一样枯萎零落。由此更突出了诗人不仅形迹、话题已与村民相同，而且连思想感情也完全与他们相通，相互间不存在任何隔阂。而诗的纯真，诗的朴实，都已不求自至了。

种豆南山下，草盛豆苗稀。

晨兴理荒秽①，带月荷锄归。

道狭草木长，夕露沾我衣。

衣沾不足惜，但使愿无违②。

① 兴：起身。荒秽：指田里的野草。
② 但：只要。

　　这是组诗中的第三首，摄取的是一个生活片断。诗的前二句写实，含有初操农务不善经营之意；但又暗用汉人杨恽"田彼南山，芜秽不治。种一顷豆，落而为萁。人生行乐耳，须富贵何时"（《汉书》本传）典，寄托情怀。"晨兴"二句接写一天中早出晚归，锄草理荒。既有耕作时的辛苦劳累，又有劳动后的轻松愉快。其中后句尤有诗情画意。以下二句仍写归途，道狭草长，夕露沾衣，乡间夜行之景历历在目。最后以"顶针格"紧接，表示出身体受累并不足虑、只要不违背意愿就行的豁达，不禁使人由此看到了诗人坦荡的胸襟和不被儒家鄙视体力劳动传统观念束缚的卓越见识。全诗有景，有味，更有意，所以宋代大诗人苏轼曾与友人共读此诗，"相与太息"，而"以夕露沾衣之故而犯所愧者多矣"（《东坡题跋》），渊明独能拔萃其中，实属难能可贵。陶诗之不可及，原本其人品之不可及，于此愈信。至其行文章法，又恰如方东树《昭昧詹言》所说:"此又就第二首(即上选"野外罕人事")继续而详言之。而真景真味真意,如化工元气,自然悬象著明。末二句换意。古人之妙,只是能继能续,能逆能倒找,能回曲顿挫,从无平铺直衍。"

读山海经十三首(选二)

孟夏草木长①,绕屋树扶疏②。众鸟欣有托,吾亦爱吾庐。既耕亦已种,时还读我书。穷巷隔深辙③,颇回故人车。欢然酌春酒,摘我园中蔬。微雨从东来,好风与之俱。泛览周王传④,流观山海图⑤。俯仰终宇宙⑥,不乐复何如?

① 孟夏:初夏,即农历四月。

② 扶疏:枝叶繁盛貌。

③ 深辙:重车留下的深印。此指显贵所乘大车。

④ 周王传:指记载周穆王驾八骏西征事的《穆天子传》。

⑤ 流观：即浏览，不经意的阅读。山海图：即《山海经图》。
《山海经》是一部古代地理书，今本十八篇，作者非一人。
其成书于战国至西汉初年，内容多为传说中的地理知识和
远古神话，并配有大量插图。

⑥ 宇宙：指上下四方的空间和古往今来的时间。

诗人辞官归隐后，一直过着亦耕亦读的乡居生活。
这一组十三首诗，就是他读《山海经》时陆续写下的感
想。作为第一首序诗，诗人在这里先交待了读书的季节
和环境。初夏时分，春花相继凋落，青草绿叶更加茂盛，
在众鸟啁啾的树木掩映下，坐落着诗人居住的小屋。诗
的前四句记时写景，朴实自然。"既耕"四句接叙人事，
农耕既毕，抽闲读书；不交富贵，还召故人。生活平静，
却不乏乐趣。"欢然"四句写以春酒时鲜待客，并有微
雨好风前来助兴，彼此交往相得甚欢。最后四句入题，
点出所读书名，总写驰心宇宙，其乐无穷。其中"泛
览"、"流观"即《五柳先生传》中所谓"好读书，不求甚
解"之意。用现代语来说，就是轻松、愉快地阅读。当

然，"乐"这一全诗的结穴，不仅仅是指读书所能获取的愉悦，同时也当涵盖了以上所言的良辰、美景和赏心、乐事四者。这正是诗人孜孜以求的自然环境、自然生活方式、自然情趣和谐统一的集中体现。而温汝能《陶诗汇评》曾说"此篇是陶渊明偶有所得，自然流出，所谓不见斧凿痕也。大约诗之妙，以自然为造极。陶诗率近自然，而此首更令人不可思议，神妙极矣"，又是从艺术上指出它的精湛造诣。殊不知其思想内涵实为艺术形式之本之根，两者宜其相得而益彰。

> 精卫衔微木，将以填沧海①。
> 刑天舞干戚，猛志固常在②。
> 同物既无虑，化去不复悔③。
> 徒设在昔心④，良晨讵可待⑤。

① 精卫二句：《山海经·北山经》载古炎帝少女女娃游于东海，溺而不返，化为精卫鸟，常衔西山的木石来填塞东海。

② 刑天二句：《山海经·海外西经》记刑天与帝争神，被断

首,仍以乳为目,以脐为口,操干戚而舞。刑天,传说中的
人物。干,盾;戚,斧。

③ 同物二句:指女娲化身为鸟、刑天变为无首同样是生物,该
不会忧虑后悔。

④ 徒设:空有。在昔心:指精卫填海和刑天争神的雄心
壮志。

⑤ 良晨:即良辰,好时机。讵:岂。

　　在这组诗中,除了首、尾两首起结外,其余都是吟咏
《山海经》中所记一、二异事奇物。本诗是其中的第十
首,写的是《北山经》中有关精卫填海和《海外西经》中
有关刑天争神的传说。尽管这两则故事并非同载一经,
但有一个非常突出的相同之处,那就是虽死无悔、猛志
常在的精神足以感天动地。而诗人抓住这点,集中加以
赞美,可谓独具会心。

　　从表面看,全诗就精卫衔木以填沧海、刑天断首仍
舞干戚生发感慨,但如果联系诗人少怀济世之志,最终
因时势混乱而未能伸展的现实,那么在"徒设在昔心,

良晨讵可待"的叹息中,人们读到的不仅仅是对神话人物女娃及刑天的惋惜,而且更是诗人自己深沉的身世之慨了。

就这点而言,此诗诚如梁启超所言,诗人已在不知不觉中表现了他的"潜在意识",也像鲁迅所说,这是陶诗除温文尔雅外的另一种"金刚怒目式"。因为在他的血管里,毕竟还流淌着晋代开国名臣匡扶天下的热血,而时不我待的悲壮,在神话传说和现实生活中同样存在,这就为诗人抒写欲有为而不能的幽愤,提供了一个最好的切入点,也使我们由此看到了他性格中刚强激烈的另一面。

闲　情　赋 并序

初张衡作《定情赋》①,蔡邕作《静情赋》②,检逸辞而宗澹泊③,始则荡以思虑,而终归闲正④。将以抑流宕之邪心⑤,谅有助于讽谏⑥。缀文之士⑦,奕代继作⑧,并因触类,广其辞义。余园闾多暇⑨,

复染翰为之⑩。虽文妙不足,庶不谬作者之意乎⑪?

① 张衡(78—139):字平子,东汉南阳西鄂(今河南南阳)人,
杰出的科学家和文学家。

② 蔡邕(132—192):字伯喈,东汉陈留圉(今河南杞县)人,
擅辞赋,能书画。

③ 检:检点,收敛。逸辞:放荡的文辞。宗:崇尚。

④ 终归闲正:指"曲终奏雅",归于正道。

⑤ 抑:制止。流宕:放荡。

⑥ 谅:信。讽谏:婉言规劝。

⑦ 缀文:连缀文词,即作文。

⑧ 奕代:累代,一代接一代。

⑨ 园闾:乡居。闾,里巷。

⑩ 染翰:以笔蘸墨。翰,笔。

⑪ 庶:幸。谬:违背。作者:指张、蔡等历代继作者。

也许是在诗文作品中抒写田园生活的闲适多了,陶
渊明在人们的印象中一直是个清静寡欲的淡泊者,没有
执着的追求和火一般的激情。然而他们错了:诗人并

没有因为表面的平静和飘逸，而泯灭燃烧在心中对理想及美好事物不懈追求的熊熊烈火。这篇作于辞官彭泽令、归乡不久的《闲情赋》，便可说是这种激情积蓄既久后的一次集中喷发。

描写女子的美貌和对她们的爱慕之情，是辞赋创作中一个历史悠久的传统题材。其源可追溯到屈原、宋玉，汉代又有司马相如、张衡、蔡邕等相继而作，可谓源远流长。诗人即因此触类而通，用"始则荡以思虑，而终归闲正"的行文结构，来达到"将以抑流宕之邪心，谅有助于讽谏"和"不谬作者之意"的目的。

夫何瑰逸之令姿①，独旷世以秀群②。表倾城之艳色③，期有德于传闻。佩鸣玉以比洁④，齐幽兰以争芬⑤。淡柔情于俗内⑥，负雅志于高云。悲晨曦之易夕，感人生之长勤⑦。同一尽于百年，何欢寡而愁殷⑧。褰朱帏而正坐⑨，泛清瑟以自欣⑩。送纤指之余好⑪，攘皓袖之缤纷⑫。瞬美目以流盼⑬，含言笑而不分。

曲调将半,景落西轩⑭。悲商叩林⑮,白云依
山。仰睇天路⑯,俯促鸣弦⑰。神仪妩媚⑱,举
止详妍⑲。

① 瑰逸:艳丽奇特。令姿:美姿。

② 旷世:绝代。秀群:秀出于群。

③ 倾城:极其貌美动人。语本《汉书·外戚传》载李延年歌。

④ 鸣玉:玉佩晃动相击有声,故云鸣玉。

⑤ 齐:排列。芬:芳香。

⑥ 俗内:尘世间。

⑦ 感人生句:语本《楚辞·远游》"哀人生之长勤"。

⑧ 寡:稀少。殷:众多。

⑨ 褰(qiān):同搴,揭开。

⑩ 泛:古代弹琴的一种指法,此代指弹奏。

⑪ 余好:指清瑟的余音。

⑫ 攘:抒起。缤纷:指弹奏时衣袖飘动飞舞。

⑬ 瞬:眨眼。流盼:眼波流转。

⑭ 景:日光。轩:窗。

⑮ 悲商:指秋风。商,五音之一,声悲,古人以秋属之。

⑯ 睇：看视。

⑰ 俯促：俯身急弹。

⑱ 神仪：神情仪表。

⑲ 详妍：安详美丽。

　　赋的首段从外貌修饰和内心向往两个方面,倾力描绘了一个美艳惊世的佳人。她容貌秀美,倾城倾国;她修饰得体,气质高雅;她情怀淡泊,不同流俗;她志向高远,义薄云天。不断流逝的时光令她对人生的短暂感慨万分,于是揭帷端坐,抚琴弹曲。只见她纤指灵巧地送出串串音符,衣袖舞动如白雪飞扬;闪动的眼中目光流转,含蓄的表情似笑似言。曲调弹到将近一半,夕阳已沉落在西窗;秋风吹过林木,白云飘向远山。这时佳人仰望天空,急收琴弦,神态妩媚,举止安详。从诗人惊叹的语调和生动传神的描摹中,人们已能触摸到他那颗为之剧烈跳动的心。

　　激清音以感余,愿接膝以交言①。欲自往

以结誓,惧冒礼之为謩^②。待凤鸟以致辞,恐他人之我先^③。意惶惑而靡宁^④,魂须臾而九迁^⑤。愿在衣而为领,承华首之余芳^⑥;悲罗襟之宵离^⑦,怨秋夜之未央^⑧。愿在裳而为带,束窈窕之纤身^⑨;嗟温凉之异气^⑩,或脱故而服新。愿在发而为泽^⑪,刷玄鬓于颓肩^⑫;悲佳人之屡沐,从白水以枯煎^⑬。愿在眉而为黛^⑭,随瞻视以闲扬^⑮;悲脂粉之尚鲜^⑯,或取毁于华妆^⑰。愿在莞而为席^⑱,安弱体于三秋;悲文茵之代御^⑲,方经年而见求。愿在丝而为履^⑳,附素足以周旋^㉑;悲行止之有节,空委弃于床前。愿在昼而为影,常依形而西东;悲高树之多荫,慨有时而不同。愿在夜而为烛,照玉容于两楹^㉒;悲扶桑之舒光^㉓,奄灭景而藏明^㉔。愿在竹而为扇,含凄飙于柔握^㉕;悲白露之晨零,顾襟袖以缅邈^㉖。愿在木而为桐^㉗,作膝上之鸣琴;悲乐极以哀来,终推我而辍音^㉘。

① 接膝：犹促膝，两膝相对。交言：交谈。

② 冒礼：冲犯礼仪。諐(qiān)：同"愆"，过失。

③ 待凤鸟二句：语本《楚辞·离骚》"凤凰既受诏兮，恐高辛之先我"，说想请凤鸟转达衷曲，又怕被别人抢先。

④ 靡宁：无法安定。

⑤ 须臾：顷刻。九迁：多次前往。语本《楚辞·九章·抽思》"魂一夕而九逝"。

⑥ 华首：指女子的秀发。

⑦ 宵离：夜间脱衣而寝，故云。

⑧ 未央：不尽。

⑨ 窈窕：娇美貌。纤身：苗条的身材。

⑩ 温凉：气候暖冷。

⑪ 泽：润发的膏脂。

⑫ 刷：涂抹。玄鬓：黑发。颓肩：柔弱的双肩。

⑬ 枯煎：干竭。煎，尽。

⑭ 黛：画眉用的青黑色颜料。

⑮ 闲扬：止息上扬。

⑯ 尚鲜：看重新鲜。

⑰ 取毁：见毁。此指因要重新化妆而被擦去。

⑱ 莞(guān)：俗名席子草,可用来编席。

⑲ 文茵：皮褥。御：使用。

⑳ 履：鞋子。

㉑ 周旋：指进退。

㉒ 楹：房柱。

㉓ 扶桑：神话中的日落处,此代指太阳。

㉔ 奄：遽然。景：日光,此借指烛光。

㉕ 凄飙：凉风。柔握：指柔软的手掌。

㉖ 缅邈：遥远。此指远远丢开。

㉗ 桐：梧桐。古人用以制琴,故云。

㉘ 辍音：停止弹奏。辍,中止。

　　果然,美人的琴音在诗人心中激起了阵阵波澜,使
他产生了迫不及待地前去与她交结修好的强烈愿望。
但又和所有心有所恋的人一样,在未得到对方的认可
前,总会有种种顾虑乃至想入非非。诗人此赋的魅力所
在,即在于用形象传神的笔墨,毫不掩饰地再现了这种
近乎痴狂的矛盾心理。在自往恐失礼、托人怕落后的两
难中,他一口气连发十愿,愿作美人的衣领、裳带、发泽、

眉黛、莞席、丝履、昼影、夜烛、竹扇、鸣琴，总之，一切可以和她亲密相伴的器具、饰物，以期日夜不离，长相厮守。其情感之真挚急切，表达之奔放热烈，真是前所未有。可以这样说，无论古今哪个女子，面对如此恳切真诚的大胆追求，是没法不被感动的。然而诗人在一泻无余地表达这种感情的同时，又十分自然地吐露了会因时过境迁而被她遗弃的深深忧虑，这便使这团从诗人内心喷发的烈火，带上了稍纵即逝的悲剧色彩，读来尤觉真实和叩人心扉。

考所愿而必违，徒契契以苦心①。拥劳情而罔诉②，步容与于南林③。栖木兰之遗露④，翳青松之余阴⑤。傥行行之有觌⑥，交欣惧于中襟⑦。竟寂寞而无见，独悁想以空寻⑧。敛轻裾以复路，瞻夕阳而流叹。步徙倚以忘趣⑨，色惨凄而矜颜⑩。叶燮燮以去条⑪，气凄凄而就寒。日负影以偕没，月媚景于云端⑫。鸟凄声以孤归，兽索偶而不还。悼当年之晚暮，恨

兹岁之欲殚⑬。思宵梦以从之,神飘飘而不
安⑭。若凭舟之失櫂⑮,譬缘崖而无攀。于时
毕昴盈轩⑯,北风凄凄。悃悃不寐⑰,众念徘
徊。起摄带以伺晨⑱,繁霜粲于素阶。鸡敛翅
而未鸣,笛流远以清哀。始妙密以闲和⑲,终寥
亮而藏摧⑳。意夫人之在兹,托行云以送怀。
行云逝而无语,时奄冉而就过㉑。徒勤思以自
悲,终阻山而带河。迎清风以祛累㉒,寄弱志于
归波㉓。尤《蔓草》之为会㉔,诵《邵南》之余
歌㉕。坦万虑以存诚,憩遥情于八遐㉖。

① 徒:空。契契:忧愁貌。

② 拥:怀抱。劳情:犹多情。罔:无。

③ 容与:徘徊不进。

④ 栖:止息。木兰:木名。句本《楚辞·离骚》"朝饮木兰之
坠露"。

⑤ 翳(yì):遮蔽。

⑥ 傥:倘,假如。觌(dí):见。

⑦ 交：错杂。欣惧：欢欣畏惧。中襟：内心。

⑧ 悁（juān）想：愁思。

⑨ 徙倚：迟疑不定。趣：同趋，前行。

⑩ 矜颜：板起面孔。

⑪ 燮燮（xiè）：落叶声。去条：离枝。

⑫ 媚：用作动词，犹焕发。景：此指月光。

⑬ 殚：尽。

⑭ 飘飖：动荡不定。

⑮ 凭：犹驾。櫂：船桨。语本《汉书·贾谊传》："是犹度江河，亡维楫，中流而遇风波，船必覆矣。"

⑯ 毕、昴（mǎo）：两星座，秋后见于西方。盈轩：满窗。

⑰ 惆惆（jiǒng）：眼睛发光。语本《楚辞·哀时命》"夜惆惆而不寐兮"。

⑱ 摄带：提带束衣。伺：等候。

⑲ 妙密：美妙细密。闲和：闲雅平和。

⑳ 藏摧：即摧藏，极度哀伤。

㉑ 奄冉：犹冉冉，时光渐逝。

㉒ 祛累：消除忧愁。

㉓ 弱志：谦词，犹卑微之情。归波：逝波。

㉔ 尤:责怪。《蔓草》:指《诗经·郑风·野有蔓草》,写男女"邂逅相遇"。

㉕《邵南》:即《诗经·召南》,古人认为其诗为"正始之道,王化之基",有助风教。余歌:遗诗。

㉖ 八遐:八方极远之地。

　　可惜诗人在赋中拟写的这种美好的愿望和大胆的设想,由于所处时代局限而并未能付诸行动。当他在一阵热情涌动之后漫步林中,四周已是一片暮色。那动人的琴声仿佛还飘留在远去的云中,这时他才终于清醒地意识到:这是一场没有结果的精神上的热恋,他和美人之间,"终阻山而带河",无法相见相识乃至相恋;于是只能把这份美好的感情,永远珍藏在心底。

　　这是一个设想中的恋爱悲剧,一种人生的失落,一次渴盼自由精神的重挫。从中正可折射出那个时代对真实人性的压抑和摧残,以及这种压抑和摧残在文人心目中留下的深深烙印。只有纯真率直如诗人,才能把它如此形象地再现出来。而这,又决非那些说此赋"白璧微瑕"、"亡是可也"（萧统《陶渊明集序》）的封建卫道士们所能体会和理解的。

连 雨 独 饮

运生会归尽，终古谓之然^①。世间有松乔^②，于今定何间^③？故老赠余酒，乃言饮得仙。试酌百情远，重觞忽忘天^④。天岂去此哉，任真无所先^⑤。云鹤有奇翼^⑥，八表须臾还^⑦。自我抱兹独，僶俛四十年^⑧。形骸久已化，心在复何言^⑨。

① 运生二句：言有生必有死，古来如此。尽：指死。
② 松、乔：传说中的两个神仙赤松子、王子乔。
③ 定：到底，究竟。魏晋时用语。
④ 重觞：连饮。觞，酒杯，代指酒。忘天：语本《庄子·天地》，此指物我两忘。
⑤ 任真：顺应自然。

⑥ 云鹤：指神仙。

⑦ 八表：八方之外。须臾：片刻。

⑧ 俛俛(mǐn miǎn)：勤勉。同"黾勉"。

⑨ 形骸二句：言形体早已变化而内心始终未变。

　　四十岁对于一个人来说，已到了不惑之年；也就是说，这时他对生死、荣辱、穷达等都已具备了基本固定的看法，很难再会因为受到什么诱惑而轻易地加以改变了。这首《连雨独饮》诗即写了在一连几天不断阴雨的日子里，诗人独自饮酒时对生命和人生意义所作的认真思考。在诗人看来，自然万物有生就有灭，人也不例外，古往今来无不如此；世间尽管有神仙赤松子、王子乔的传说，但现在谁也没有见过他们。因此当故老送酒来，说喝了就能成仙时，诗人也就试着一喝，几口入肚，果然觉得各种情欲已远离；再喝时，又突然感到天地万物也都不存在了。然而这哪是天地万物真的离去了呢？那不过只是顺其自然而达到物我两忘的境地罢了。神仙可以凭借神奇的羽翼往返极远之地，而我却独自怀着任真的信念辛勤地过了四十年。尽管形骸早已衰老，我心却始终常在。

诗人对人生的这种清醒的认识，在许多诗篇中都有明确的表述，尤其是在《形影神三首》中表现得更为突出。这种认识在晋代既不同于自然崇拜者以放情山水、服食求仙为尚，又不同于儒家名教传人以世俗利禄为累，而是诗人受到老庄思想影响并结合晋末社会现实自创的一种新的自然人生观。它的鲜明特点就是：保持心神自由和独立个性，"纵浪大化中，不喜亦不惧。应尽便须尽，无复独多虑"（《形影神三首·神释》）。

庚戌岁九月中于西田获早稻

人生归有道①，衣食固其端。孰是都不营②，而以求自安。开春理常业，岁功聊可观③。晨出肆微勤，日入负耒还④。山中饶霜露，风气亦先寒。田家岂不苦，弗获辞此难。四体诚乃疲⑤，庶无异患干⑥。盥濯息檐下⑦，

斗酒散襟颜。遥遥沮溺心⑧,千载乃相关。但
愿常如此,躬耕非所叹。

① 归:归宿。道:常理。

② 孰:何,怎么。是:此,指衣食。营:料理。

③ 岁功:一年的收成。

④ 晨出二句:用古《击壤歌》"日出而作,日入而息"语意。
肆,致力。微勤,一定量的农活。耒,泛指农具。

⑤ 四体:四肢。诚:固然。

⑥ 庶:幸。异患:意外的灾祸。干:触犯。

⑦ 盥(guàn)濯:洗手洗脚。

⑧ 沮、溺:长沮、桀溺,春秋时楚国两个隐居躬耕的隐士,见
《论语·微子》。

　　如题所示,这是诗人在庚戌岁(义熙六年,410)秋
收时写的一首即兴之作。他在诗中并不描写田间收获
早稻的具体场景,而是直接从春耕秋收的感受中,提炼
出一种对人生真谛既朴素又深刻的思考。在他看来,谋

取衣食并求得自安,是人生趋归的常理。因此尽管早出晚归,一年忙到头,饱受霜露风寒之苦,却能有所收获;四肢尽管疲乏劳累,却可避免遭遇其他祸患(比如当时的战乱及官场的险恶)。于是当他在劳作之余洗了手脚,在屋檐下喝上一杯时,心中感到的只是充实和满足。他觉得此时自己的心思,与千年前的古人长沮、桀溺是完全相通的,并又真诚地希望能长久这样下去,丝毫没有为躬耕田亩而后悔叹息。

陶渊明这种用耕稼自勉勉人的处世态度,在晋代文人中是很特别的;他的求安避患,既受老、庄影响,又有自己的创造。前人曾说"陶公高于老、庄,在不废人事人理,不离人情,只是志趣高远,能超然于境遇形骸之上耳"(方宗诚《陶诗真诠》)。正由于胸次、识见高卓,流露于诗也自然浑成,于逐句转意中不觉赘复,反觉亲切质朴,淳厚有味。清人方东树尤称其首四句,谓"直举胸情,非傍诗史,一气舒放,见笔气文势。后惟杜公每如此,具峥嵘飞动之势。鲍(照)、谢(灵运)则不敢如此,必凝之固之,不使一步滑易"(《昭昧詹言》)。

移 居 二 首

　　昔欲居南村①，非为卜其宅。闻多素心人②，乐与数晨夕③。怀此颇有年，今日从兹役④。弊庐何必广⑤，取足蔽床席。邻曲时时来⑥，抗言谈在昔⑦。奇文共欣赏，疑义相与析⑧。

① 南村：在今江西九江西南。

② 素心人：心地纯洁善良的人。

③ 数(cù)晨夕：朝夕相近。数，密。

④ 兹役：指移居，搬迁。

⑤ 弊庐：犹陋室、小屋。

⑥ 邻曲：邻居。

⑦ 抗言：高声谈论。

⑧ 析：分辨剖析。

　　诗人在柴桑县柴桑里的旧居曾于义熙四年(408)

遇火,有一段时间栖身门前水滨舫舟,不久徙居西庐。
至义熙十一年(415),才搬到寻阳(即今九江)郊外南
村,并写了这两首《移居》诗。搬家定居对于一个要以
农耕自立和不图浮华的人来说,地理和人际关系都是必
须考虑的问题。从这两首诗中可以明白无误地看出,诗
人对自己作出的选择无疑是十分满意的。此诗首四句,
即开宗明义地表示移居南村的目的,不是冲着宅院而是
冲着好邻居而来的。因此当他久怀的夙愿一旦成为现
实,那种如鱼得水的欢快,便随着与人交往的愉悦,洋溢
在字里行间。晨夕往来,高声叙谈,赏文析疑,何其乐
哉! 人生之足,贵在与友心意相通、情趣相投,于是一种
自得脱口而出,便成绝妙好诗。诗中"素心"两字可称
诗眼,试想,如果没有不慕世俗利禄的共同胸怀,诗人怎
能在仅容床席的弊庐中获得如此满足?

　　春秋多佳日,登高赋新诗。过门更相呼,
有酒斟酌之①。农务各自归,闲暇辄相思②。
相思则披衣,言笑无厌时。此理将不胜③,无为

忽去兹。衣食当须纪^④,力耕不吾欺。

① 斟酌:把酒倒入杯碗。
② 辄:往往,总是。
③ 此理:指与邻里亲密相处的情趣。将:岂。胜:佳。
④ 纪:料理。

这第二首诗写春秋佳日与邻里往来,登高赋诗、过门相呼、有酒共酌、农暇相念、谈笑忘时,其亲密相处的种种情形联翩接踵而至,使人目不暇接。一种真情,一种坦然,令人羡慕,令人向往。而结末"衣食当须纪,力耕不吾欺"二句,与前首"获早稻"诗中的"人生归有道,衣食固其端"一样,再次表明诗人脚踏实地的生活态度,与晋人一般多追求的虚幻和脱离现实的旷达有本质的不同,其中含有丰富的内涵。钟惺《古诗归》说"陶公山水朋友诗文之乐,即从田园耕凿中一段忧勤讨出,不别作一副旷达之语,所以为真旷达也",即指此而言。而方东树《昭昧詹言》则称其"只是一往清真,而吐属雅令,句法高秀"。综合观之,又可见陶诗"外枯而中膏,似淡而实美"(苏轼《东坡题跋》)的典型特色。

饮酒二十首(选四)

结庐在人境①,而无车马喧。问君何能尔,心远地自偏②。采菊东篱下,悠然见南山③。山气日夕佳,飞鸟相与还。此中有真意,欲辨已忘言。

① 结庐:构筑住所。
② 心远:心怀高远。偏:偏僻,寂静。
③ 南山:江西庐山,古称南障山。

这组诗原有序说:"余闲居寡欢,兼比夜已长,偶有名酒,无夕不饮。顾影独尽,忽焉复醉。既醉之后,辄题数句自娱。纸墨遂多,辞无诠次。聊命故人书之,以为欢笑尔。"从中可知诗非作于一时,但都是酒后真言;而其借饮酒为名,也有避嫌寄托和"醉翁之意不在酒"之意。在原集中,这首排位第五的诗最负盛名。其原因自然与诗中"采菊东篱下,悠然见南山"的佳句有关,但更主要的,则在于全诗有一种远离尘嚣、融入自然的理趣,让当时的诗人和后世的读者无不为之沉醉。既然居住在人间,怎么会没有车马的喧闹? 诗人的回答是"心远地自偏",也就是说,对客观事物的感受,会因主观心境的不同而产生完全相反的变易;而心境的平静与净化,也在山花人鸟的和谐相处中得以真正实现,这又是外化的语言所难以表达的。诗中景物情理水乳交融,有神无迹,所以前人说"渊明诗类多高旷,此首尤为兴会独绝。境在寰中,神游象外,远矣"(温汝能《陶诗汇评》卷三)。又宋人王安石极叹赏此诗,谓"结庐"四句自诗人以来无之(见《南濠诗话》)。

　　清晨闻叩门,倒裳往自开①。问子为谁与②,田父有好怀。壶浆远见候③,疑我与时乖④。缊缕茅檐下⑤,未足为高栖⑥。一世皆尚

同,愿君汩其泥⑦。深感父老言,禀气寡所
谐⑧。纡辔诚可学⑨,违己讵非迷⑩。且共欢此
饮,吾驾不可回。

① 倒裳:指过于急切,穿倒了衣裳。

② 子:指敲门的老农。

③ 壶浆:用壶盛酒。见候:前来问候。

④ 疑:怪。与时乖:与世不合。

⑤ 缊缕:即"褴褛",楚地方言,谓衣服破烂。

⑥ 高栖:适意的隐居。

⑦ 汩(gǔ)其泥:搅浑泥水。意谓同流合污。二句用《楚辞·
渔父》"世人皆浊,何不淈其泥而扬其波"语意。

⑧ 禀气:生性。寡所谐:很少与人合得来。

⑨ 纡辔:回车,指改变本意。

⑩ 讵:岂。迷:糊涂。

　　大约诗人在隐居躬耕期间,生活简朴清贫,时有亲
朋故旧前来劝他出去谋个一官半职。对于他们的这种

好心劝说,诗人在领受之余又感到难以从命。为了表达自己的意愿,他在诗中特意设计了一个田父带着酒壶前来问候,并劝他与世俗同尘的情节,以此坦陈初衷不可违的心迹。全诗夹叙夹议,托为问答,在表现形式上有类于屈原行吟泽畔时与渔父的交谈。尤其是最后四句,一开一合,抑扬顿挫;结句更是说得斩钉截铁,不可动摇。在二十首《饮酒》诗中,这是第九首。元好问有《继愚轩和党承旨雪诗》,谓"君看陶集中,《饮酒》与《归田》。此翁岂作诗,直写胸中天",便是对这组诗的由衷赞美。

少年罕人事①,游好在六经②。行行向不惑③,淹留遂无成。竟抱固穷节④,饥寒饱所更⑤。弊庐交悲风⑥,荒草没前庭。披褐守长夜⑦,晨鸡不肯鸣。孟公不在兹⑧,终以翳吾情⑨。

① 罕人事:指很少与世人交往。

② 游好：留连爱好。六经：指《诗》《书》《礼》《乐》《易》和《春秋》六部儒家经典。

③ 行行：渐渐。不惑：指四十岁。语本《论语·为政》："四十而不惑。"

④ 固穷节：安贫乐道的节操。

⑤ 饱所更：多次经历。

⑥ 交：承受。悲风：凄厉的冷风。

⑦ 褐：粗布短衣。

⑧ 孟公：东汉刘龚字孟公，知赏博学贫居的张仲蔚（见《高士传》）。诗言"孟公不在兹"，暗示自己的处境与张仲蔚相似，却又无赏知之人。

⑨ 翳（yì）：遮蔽。

　　古代文人，最重立身处世的名节；何况到了将近不惑之年，更会对自己的一生追求进行认真的回顾与审视。这首诗即生动地展示了诗人当时的心态。前四句说自己少年时代爱好阅读儒家经典，可年将四十，依然一事无成。虽一笔带过，对原因语焉不详，但读者仍可由此深感诗人原有抱负却未能实现的莫大遗憾。中四句状写中年穷困情形,弊庐荒草,饥寒更迭。一个"竟"字既上承难言的遗憾,又下启后文的描述:不仅事业无成,而且生计维艰。后四句就作诗时的现状落笔,漫漫长夜,鸡不肯鸣,有谁能像当年刘龚了解张仲蔚那样,来了解我一介布衣心中的感情呢?透过平淡朴实的语言,一种有负平生壮志的憾恨涌突而出。前人但知其有托而逃,实不知其因何而逃和既逃的不平之意,难怪诗人在当时就有知音何在的感叹了。朱熹曾说:"隐者多是带气负性之人为之,陶欲有为而不能者也,又好名。"(《朱子语类》卷一四〇)观此诗益信。

羲农去我久①,举世少复真②。汲汲鲁中叟③,弥缝使其淳④。凤鸟虽不至,礼乐暂得新⑤。洙泗辍微响⑥,漂流逮狂秦⑦。诗书复何罪,一朝成灰尘⑧。区区诸老翁,为事诚殷勤⑨。如何绝世下⑩,六籍无一亲⑪。终日驰车走,不见所问津⑫。若复不快饮,空负头上巾⑬。但恨多谬误,君当恕醉人。

① 羲、农：伏羲氏和神农氏，传说中的两个上古帝王。

② 真：淳朴自然。

③ 汲汲：迫切勤劳貌。鲁中叟：指春秋鲁国人孔子。

④ 弥缝：弥合修补。

⑤ 凤鸟二句：孔子曾叹息象征太平盛世的"凤鸟不至"，大力倡导"克己复礼"，并悉心整理诗乐，使"《雅》、《颂》各得其所"（见《论语·子罕》及《史记·孔子世家》）。

⑥ 洙、泗：孔子故乡山东曲阜的两条水名，孔子曾在此设教讲学。辍：停止。微响：指精妙的言论。

⑦ 漂流：指时光流逝。逮：至。

⑧ 诗书二句：指秦始皇下令收缴诗书百家之言并付之一炬事，见《史记·秦始皇本纪》。

⑨ 区区二句：指汉初诸儒伏生、申培、辕固生、韩婴等人曾传授《诗》、《书》事。

⑩ 绝世：指灭绝的汉代。

⑪ 六籍：即《诗》、《书》等六部儒家典籍。

⑫ 问津：孔子曾使子路问津于躬耕的长沮、桀溺，此以沮、溺自况，并叹世无孔子之徒。

⑬ 头上巾：晋时儒生所戴方巾。史载渊明曾"取头上葛巾漉

酒,毕,还复著之"(《宋书》本传)。

如果说桃花源是诗人笔下对理想社会的艺术创造,那么作为《饮酒》二十首最后一篇的这首诗,便可以说是对远古淳真理性的倾心呼唤。

也许是看多了当世无穷的争斗和虚伪奸诈,诗人在许多诗篇中都写下了对淳对真的热切期盼。此诗也是这样,从远去的伏羲、神农氏时代写起,经过春秋时孔子知其不可而为之的克己复礼、秦代焚烧诗书的暴政、汉代儒生对经书的群起修复,直到诗人所处晋末不亲六籍的浇漓时风,对此诗人不禁感慨系之,因而只能用一醉方休的办法来浇释胸中郁积的块垒。在这里,诗人把远古的淳真与儒家学说联系在一起,这是一种对传统文化作深入探求后得出的看法,也是诗人用以对比当世的巧伪、支撑精神追求的人生信念。其借饮酒出之,并以"但恨多谬误"自谦,以"君当恕醉人"避嫌,都从一个侧面反映出当时社会政治的黑暗和思想文化的混乱。诗人这么说,实出于迫不得已。对此前人曾指出:"此首盖以举世少真,而己独一人任真,如鲁哀公云'以鲁国而止有儒一人'也。"又说:"经所以载道也,达道则无苟妄,而无不任真矣,故归宿孔子及诸儒。言己非徒独自任真,亦欲弥缝斯世,此陶公绝大本量处,非他诗人所能及。故此篇义理可以冠集。"(《昭昧詹言》卷四)

三、慷慨多感

　　从五十岁到去世，陶渊明在极其艰难的情况下度过了他一生中最后的十年光景。首先是接连不断的自然灾害，使以农耕为生的诗人的日常生活不时面临饥寒的危胁，以往那种岁有余粮的日子已难以为继，更不用说随时有酒可饮了。其次，大约在他五十二岁那年，由他曾祖父辅佐建立起来的东晋政权被军阀刘裕篡夺，改朝换代的冲击使诗人对历史和现实又平添了几分悲愤的感叹。另外，这时他的身体状况也急转直下，重病急症曾一度迫使他不得不考虑向家人交代后事，并为自己撰写祭文和挽歌。

　　面对这些接二连三的沉重打击，诗人坚持归隐的初衷始终没有出现丝毫动摇。相反,他宁愿乞食、无酒、病逝,也决不向险恶的社会生活屈服。即使在贫病交加之时,面对江州刺史檀道济要他放弃隐居的苦苦劝说,他也不为所动,而且拒绝接受食物馈赠,从而显示了一个以躬耕自食其力的真隐士坚贞不渝的人格力量。

与此相应,陶渊明在这一时期的诗文作品中,以前所未有的激昂和慷慨,抒写了时不我待、志不获骋的人生感叹,宁受饥寒而固穷守节的坎壈情怀。他既在《九日闲居》、《怨诗楚调示庞主簿邓治中》、《有会而作》等诗中,对晚境的窘迫作了实录;同时又在《咏贫士》、《咏荆轲》等诗中,借古人的酒杯浇自己的块垒;在《与子俨等疏》、《自祭文》等作中,坦陈直面死亡的从容;更在千古美文《桃花源记(并诗)》中,描述了规避乱世的理想社会。可以说这一时期的诗人感情是热烈活跃的,它使我们清楚地看到了在采菊东篱的悠然之外,充溢于诗人内心"怒目金刚"式的愤慨,看到了一个外表平静、内心激荡的完整形象;同时,他的思考又是冷静的,对自然和人生的执着和热爱,并没有在走向死亡时失去它原有的光彩,相反却因此而显得更加成熟,并闪现出永恒的光芒。

近代思想界的先驱、著名诗人龚自珍曾有一首诗专门称赞陶渊明说:"陶潜酷似卧龙豪,万古浔阳松菊高。莫信诗人竟平淡,二分梁甫一分骚。"(《己亥杂诗》)尽管任何比喻都难免会有偏颇,但陶渊明在他一生留下的所有诗文作品,尤其是像《闲情赋》、《感士不遇赋》、《饮酒》、《咏荆轲》、《桃花源记》等重要作品中,确实在外表的平淡中渟蕴着一股郁勃不平之气,这和诸葛亮的《梁甫吟》、屈原的《离骚》正有一脉相承之处。而也正因为此,陶渊明的人格魅力和诗文创作,才能自立于中国古代最伟大的文学家之列而毫无愧色。

九 日 闲 居 并序

余闲居,爱重九之名①。秋菊盈园,而持醪靡由②。空服九华③,寄怀于言。

世短意常多④,斯人乐久生。日月依辰至,举俗爱其名⑤。露凄暄风息,气澈天象明。往燕无遗影,来雁有余声。酒能祛百虑⑥,菊解制颓龄⑦。如何蓬庐士⑧,空视时运倾⑨。尘爵耻虚罍⑩,寒华徒自荣⑪。敛襟独闲谣⑫,缅焉起深情⑬。栖迟固多娱⑭,淹留岂无成⑮?

① 重九:指农历九月初九重阳节。

② 醪:浊酒。靡:无。

③ 服:食。屈原《离骚》:"夕飧秋菊之落英。"九华:重九之华,指秋菊。

④ 世短句:即古诗"人生不满百,常怀千岁忧"之意。

⑤ 举俗句:曹丕《九日与钟繇书》:"九为阳数,而日月并应,俗嘉其名,以为宜于长久。"

⑥ 祛:清除。百虑:各种杂念。

⑦ 解:可以用来。制:制止。颓龄:衰老的年纪。

⑧ 蓬庐:犹草屋。

⑨ 时运倾:时光流逝。

⑩ 尘爵：饮酒器蒙尘。虚罍（léi）：空酒坛。此句用《诗经·小雅·蓼莪》"瓶之罄矣,惟罍之耻"意。

⑪ 寒华：秋菊。

⑫ 敛襟：收敛心意。襟,胸怀。

⑬ 缅焉：超然遐想。

⑭ 栖迟：游息,此指隐居不仕。

⑮ 淹留：久留。此反用宋玉《九辩》"蹇淹留而无成"句意,表示守拙园田并非一事无成。

　　长期隐居不出的躬耕生活对于诗人来说,不能实现少年时匡扶天下的大志,是"淹留遂无成"（《饮酒》之十六）;而能得以坚持独善其身的情操,又是"淹留岂无成"。这首约作于义熙十四年（418）重阳节的咏怀诗,即清楚地表达了后一种感受。

　　渊明爱菊,嗜酒,而古代每逢九月初九,民间盛行采菊饮酒的风俗,文人对此更是看重。但这年重九日,诗人却因家境贫寒,没有酒喝,于是只能空对着盛开的秋菊,浮想联翩。他想到了人生的短促,想到了重阳佳节饮菊花酒的好处,同时又想到了长期隐居的种种情趣。因此尽管节日无酒,空对黄花,他还是对于自己的人生选择无怨无悔。

《宋书》本传说渊明"尝九月九日无酒,出宅边菊丛中坐久",似可视作此诗的写作背景。而"空服九华"及"寒华徒自荣",也自然能使人想起屈原被贬后的洁身自好和秋菊冒着严寒吐芳喷香的品性,这或许就是诗人"缅焉起深情"、固守节操的原因所在了。

杂诗十二首(选三)

人生无根蒂①,飘如陌上尘②。分散逐风转,此已非常身③。落地为兄弟,何必骨肉亲。得欢当作乐,斗酒聚比邻④。盛年不重来,一日难再晨。及时当勉励,岁月不待人。

① 蒂:花果连枝的部位。
② 陌:田间小道。

③ 非常身：不是原先的形体。

④ 斗：盛酒器。比邻：近邻。

    生当战乱灾害频仍的年代，人生无常的感觉几乎笼罩着整个社会。我们读魏晋时的诗文，经常会有这种体会。陶渊明的《杂诗》共十二首，其基调便是咏叹人生无常、生命短暂。这首诗是其中的第一首。前四句一开始就把人生比作随风飘散的尘土，其中隐含着世事沧桑、人间际遇的变化莫测和身不由己的无奈。中四句接言既生于世，则人人都是兄弟，理应和睦相处，共同寻找生活的乐趣，享受生命的欢快。其原因很简单，那就是后四句反复强调的"岁月不待人"。这种感受，凡经历了社会和人生的重大变故、尤其是步入晚年的人，会变得非常深刻。渊明诗直接涉及时势的内容不多，但映带、暗示或反说的却不少，这首诗即是一例。它抒写的无疑是深受社会动乱之苦、又不得不苦中作乐的典型心态，从中折射出当时现实的混乱和黑暗。

　　白日沦西阿①,素月出东岭。遥遥万里晖,
荡荡空中景②。风来入房户,夜中枕席冷。气
变悟时易③,不眠知夕永④。欲言无予和⑤,挥
杯劝孤影。日月掷人去,有志不获骋⑥。念此
怀悲凄,终晓不能静。

① 沦:下落。阿:山坡。

② 荡荡:广大空旷貌。

③ 时易:指季节、节气变化。

④ 夕永:夜长。

⑤ 无予和:没人应对。

⑥ 骋:驰骋,施展。

　　这首诗的核心是"日月掷人去,有志不获骋"两句。
对于一个来到世上的人来说,什么才是人生的价值? 诗
人一生中从未停止过对这个问题的苦苦思索。这天当
日落西山、月出东岭、清风入户、气候变易时,诗人又枕
席难安,无法入眠,他想和人一起探讨这个问题,却无人

应答,于是只能对影独饮,怅然慨叹。一般来说,人都有自己想要做的事,也就是所谓志;而人生的悲哀,最大的又莫过于生命行将结束,想做的事却不能做。这种心情无疑是最沉痛的。诗人一生崇尚淡泊,可有谁知道他也是个血性男儿,原也有自己宏大的抱负,为此他曾彻夜不眠,这可由入户的明月清风为证。

忆我少壮时,无乐自欣豫①。猛志逸四海②,骞翮思远翥③。荏苒岁月颓④,此心稍已去。值欢无复娱,每每多忧虑。气力渐衰损,转觉日不如。壑舟无须臾⑤,引我不得住⑥。前途当几许⑦,未知止泊处。古人惜寸阴⑧,念此使人惧。

① 欣豫:欣喜安闲。

② 猛志:雄心壮志。逸:超越。

③ 骞(qiān)翮(hé):飞举的翅膀。翥(zhù):飞翔。

④ 荏(rěn)苒(rǎn):渐渐过去。颓:流逝。

⑤ 壑(hè)舟：喻人生死变化不可回避。语本《庄子·大宗师》："夫藏舟于壑，藏山于泽，谓之固矣，然而夜半有力者负之而走，昧者不知也。"壑，山沟。须臾：片刻。

⑥ 不得住：无法停留保持不变。

⑦ 前途：指来日。几许：多少。

⑧ 寸阴：一寸光阴，短暂的时间。

　　步入晚年，人对自己的一生行事往往会作各种各样的审视和评判，对生命的意义和价值也会有不同于少壮时的重新认识。这首诗与前首一样，表现的是一种人生的忧患意识。诗的前四句从忆想落笔，少壮时的无乐自豫、猛志远思可谓意气风发，超拔一时。接六句则以中年心态相对，岁月荏苒，多变的世故、坎坷的经历使他锐气消磨，壮怀渐失，种种忧虑取代了以往的种种欢乐，而精力和容貌也日见衰损。最后六句以行进在河谷中的船只比喻人生在时光的流逝中不由自主地漂泊，既不知要到什么地方去，也不知将会停靠在何处：如此随波逐流，又怎能面对要珍惜每一寸光阴的古训呢？诗人的人生感慨是深沉的。有关此诗旨意，前人有叹老而学行未成及因晋宋易代而发二说，但它留给后人的，却是对每一个有社会历史责任心的人都有所警示的普遍意义，谁能白白地浪费自己的生命而无动于衷呢？

拟 古 九 首（选二）

　　日暮天无云，春风扇微和①。佳人美清夜，
达曙酣且歌。歌竟长太息②，持此感人多③。
皎皎云间月，灼灼叶中华④。岂无一时好，不久
当如何。

① 扇：吹动。微和：轻微温和。

② 竟：终，尽。太息：叹息。

③ 此：指佳人所歌。

④ 灼灼：鲜丽貌。华：同花。

　　晋宋易代是诗人一生中遭遇的最大的世事变迁，

身为晋室重臣的后代,诗人自然深受打击。在此期间,他曾以《杂诗》、《拟古》等为题,写了一批深有寄托的咏怀之作。这首诗在《拟古》九首中排位第七,所拟是诸如曹植《杂诗》"南国有佳人"一类作品。在一个晴朗的春夜,美人的歌声在和风中飘荡。这是一个绝色佳人,她喝着酒,唱着歌,通宵达旦,沉醉忘情。唱完了歌,她不禁面对良辰美景长长地叹了口气,深有感触地想:就像那云间的明月、叶中的鲜花,虽然都有一时的光艳和美好,但又怎能长久呢? 话说得平和婉转,涵义却十分沉痛。钟嵘在《诗品》中把此诗视作陶诗的别调,说它在质直的风格中独具"风华清靡",不是人们通常所见的"田家语",很有见地。清人方东树在称它"清韵,情景交融"的同时,又指出"盛唐人所自出"(《昭昧詹言》卷四),可见对盛唐诗人也深有影响。

　　少时壮且厉①,抚剑独行游。谁言行游近,张掖至幽州②。饥食首阳薇③,渴饮易水流④。

不见相知人，惟见古时丘⑤。路边两高坟，伯牙
与庄周⑥。此士难再得⑦，吾行欲何求。

① 壮：健壮。厉：意气风发。

② 张掖：在今甘肃西部。幽州：在今河北东北部。两地在古
时均为边塞重镇。

③ 首阳：首阳山，在山西永济。相传伯夷、叔齐不食周粟，在
此采薇充饥，终至饿死。薇：野菜。

④ 易水：在河北西部。《史记·刺客列传》载燕太子丹在易
水边送荆轲前去行刺秦王。

⑤ 丘：指坟地。

⑥ 伯牙：春秋时人，因善鼓琴而与钟子期为知音，子期死后即
断弦碎琴，以示世无知音。庄周：战国时楚人，与惠施友
善。惠施去世，即不再与人谈说。

⑦ 此士：指以上提到的伯夷、叔齐、荆轲、伯牙及庄周等志士
贤人。

古代例有游侠诗，此即拟写之作。尽管诗人生活的
东晋与北方少数民族政权隔江而治，他的足迹事实上从

未远及中原边塞张掖、幽州等地，但怀想少年时壮志凌
云、意气风发的豪情使他思绪驰骋，笔墨飞舞。他想象
自己曾像古代游侠那样，仗剑远行，在游历了古代边塞
重镇之后，来到首阳山，饿了就像当年躲避周军的商代
高士伯夷、叔齐那样采薇而食；又来到易水边，渴了就像
为燕太子丹复仇的荆轲那样临流而饮。但古代侠义之
士早已远去，只留下古墓座座。而路边两座高坟埋葬着
伯牙和庄周，又使他怅然若失。这些贤达之士既然都已
不可再得，那么他的行游还有什么意义？这种精神追求
的迷茫与困惑，正与后来唐代陈子昂《登幽州台歌》所
谓"前不见古人，后不见来者。念天地之悠悠，独怆然
而涕下"相仿。前人评此诗说："此篇无伦无次，章法奇
奥。始而张掖、幽州，悲壮游也；忽而首阳、易水，伤志士
之无人；忽而伯牙、庄周，叹知音之不再而避世之难得
也。公生平志节，亦尽流露矣。"（吴瞻泰《陶诗汇注》卷
四）其实，所谓的"章法奇奥"，实源于诗思的飞纵激荡，
而行文的飘忽也有《楚辞》可为先导；诗人之力，在于化
奇谲为平淡，运妙思于简章。

咏 荆 轲

　　燕丹善养士①，志在报强嬴②。召集百夫良③，岁暮得荆卿④。君子死知己，提剑出燕京。素骥鸣广陌⑤，慷慨送我行。雄发指危冠⑥，猛气冲长缨⑦。饮饯易水上⑧，四座列群英。渐离击悲筑⑨，宋意唱高声⑩。萧萧哀风逝，淡淡寒波生。商音更流涕，羽奏壮士惊⑪。公知去不归⑫，且有后世名。登车何时顾，飞盖入秦庭⑬。凌厉越万里⑭，逶迤过千城⑮。图穷事自至，豪主正怔营⑯。惜哉剑术疏，奇功遂不成。其人虽已没，千载有余情。

① 燕丹：战国燕王喜的太子，名丹。养士：供养门客。

② 志在句：燕太子丹曾入秦作人质，不为秦王嬴政所善待，回国后即召募勇士，立志报仇。嬴，秦王姓。

③ 百夫良：百人中的良才。

④ 荆卿：战国时卫人荆轲，入燕后人称荆卿。

⑤　素骥：白马。广陌：大道。

⑥　雄发：犹怒发。指：撑起。危冠：高帽。

⑦　长缨：系帽带。

⑧　易水：在今河北易县。

⑨　渐离：燕人高渐离，善击筑。筑，古代弦乐器，与筝相似。

⑩　宋意：燕国勇士。《淮南子·泰族训》："高渐离、宋意，为击筑而歌于易水之上。"

⑪　商音二句：指《史记·刺客列传》载"高渐离击筑，荆轲和而歌，为变徵之声，士皆垂泪涕泣。又前而为歌曰：'风萧萧兮易水寒，壮士一去兮不复还！'复为羽声忼慨，士皆瞋目，发尽上指冠"。商、羽，均为五音之一，前者凄清，后者激昂。

⑫　公：指高渐离、宋意及送行者。

⑬　飞盖：疾驶的车。盖，车的顶篷，此代指车。

⑭　凌厉：勇往直前。

⑮　逶迤：曲折而行。

⑯　图穷二句：指荆轲入秦把匕首藏在燕国地图内献给秦王，待图被展尽，匕首便露了出来。荆轲左手拉秦王衣袖，右手执匕首就刺，"未至身，秦王惊，自引而起，袖绝"。豪主，

指秦王。怔营,惊恐貌。

这首咏史诗一般认为约作于晋宋易代之际,即宋武帝永初一、二年间,诗人五十二三岁时。刘裕篡晋,事在恭帝元熙二年(420)六月,他即位称宋,废帝为零陵王,改元永初。一年后零陵王被兵士用被子掩杀。作为东晋开国重臣的后裔,渊明的内心自然无法平静。他要寻机宣泄,于是为燕太子丹报仇的荆轲,便成了他吟咏和怀念的对象。诗从燕太子丹招募勇士、立志报仇引出荆轲,接着写他能为知己者死的慷慨激昂、义无反顾:易水边的饯别,气氛悲壮;一路上的奔波,不辞辛劳;秦宫中的失手,千古遗恨。叙事简洁,描写生动,看似平淡的言语中饱含着满腔激愤,人物形象栩栩如生,情感抒发酣畅淋漓,令人看到了诗人"金刚怒目"的一面,也可以说是最具本色的一面。

宋人朱熹曾说:"渊明诗,人皆说平淡,余看他自豪放,但豪放得来不觉耳。其露出本相者,是《咏荆轲》一篇。平淡底人如何说得这样言语出来?"(《朱子语类》)

这确实是很有见解的看法。对于诗的章法,方东树曾作过很好的剖析:"起四句言丹,'君子'六句言轲,'饮饯'八句叙事,'心(公)知'二句顿挫,以离为章法。'登车'六句续接叙事,'惜哉'四句入己,托意作收。"全诗"次叙高简,托意深微,而章法明整"(《昭昧詹言》卷四)。

桃 花 源 记 并诗

晋太元中①,武陵人捕鱼为业②。缘溪行,忘路之远近。忽逢桃花林,夹岸数百步,中无杂树,芳草鲜美,落英缤纷③。渔人甚异之。复前行,欲穷其林。林尽水源,便得一山,山有小口,仿佛若有光。便舍船从口入,初极狭,才通人;复行数十步,豁然开朗,土地平旷,屋舍俨然④。有良田、美池、桑竹之属⑤。阡陌交通⑥,鸡犬相闻。其中往来种作,男女衣着,悉如外人⑦。黄发垂髫⑧,并怡然自乐。见渔人乃大惊,问所从来,具答之⑨。便要还家⑩,设酒杀鸡作食。村中闻有此人,咸来问讯⑪。自云先世避秦时乱,率妻子邑人,来此绝境⑫,不复出焉,遂与外人隔绝。问今是何世,乃不知有汉,无论魏晋。此人一一为具言所闻,皆叹惋。余人各复延至其家⑬,皆出酒食。停数日,辞去。此中人语云:"不足为外人道也。"既出,得其船,便扶向路⑭,处处志之⑮。及郡下⑯,诣太守说如此⑰。太守即遣人随其往,寻向所志,遂迷不复得路。南阳刘子骥⑱,高尚士也,闻之,欣然规往⑲,未果⑳,寻病终㉑。后遂无问津者㉒。

① 太元:东晋孝武帝年号,公元 376—396 年。

② 武陵:今湖南常德。

③ 落英:落花。缤纷:色彩纷繁。

④ 俨然:整齐排列貌。

⑤ 属:类。

⑥ 阡陌：田间小道，南北称阡，东西称陌。

⑦ 悉：都，完全。

⑧ 黄发：指老人。垂髫（tiáo）：指儿童，因垂发为髫而称。

⑨ 具：全，都。

⑩ 要：通"邀"，邀请。

⑪ 咸：都。讯：消息。

⑫ 绝境：指与世隔绝之处。

⑬ 延：请。

⑭ 扶：沿着。向路：旧路，此指来路。

⑮ 志：标记。

⑯ 郡下：指武陵郡治所在地。

⑰ 诣：拜见。太守：郡治长官。

⑱ 南阳：今属河南，当时为郡治所在地。刘子骥：名骥之，字
　　子骥，好游山泽，《晋书·隐逸传》载其曾入衡山采药见两
　　石仓，后迷路不复得事。

⑲ 规往：打算前去。

⑳ 未果：未能成行。

㉑ 寻：不久。

㉒ 问津：用孔子使子路向长沮、桀溺问津语，此指访求、探寻。

　　嬴氏乱天纪[1]，贤者避其世。黄绮之商山[2]，伊人亦云逝[3]。往迹浸复湮[4]，来径遂芜废。相命肆农耕[5]，日入从所憩。桑竹垂余荫，菽稷随时艺[6]。春蚕收长丝，秋熟靡王税[7]。荒路暖交通[8]，鸡犬互鸣吠。俎豆犹古法[9]，衣裳无新制。童孺纵行歌[10]，斑白欢游诣[11]。草荣识节和[12]，木衰知风厉。虽无纪历志[13]，四时自成岁。怡然有余乐，于何劳智慧。奇踪隐五百[14]，一朝敞神界[15]。淳薄既异源[16]，旋复还幽蔽。借问游方士[17]，焉测尘嚣外[18]。愿言蹑轻风[19]，高举寻吾契[20]。

① 嬴氏：指秦始皇嬴政。

② 黄、绮：秦时为避乱而隐居的夏黄公、绮里季。之：到。商山：在今陕西商县东南。

③ 伊人：指桃花源中人。云：语助词。逝：逃离。

④ 浸：逐渐。湮：埋没。

⑤ 相命：相互勉励。肆：尽力。

⑥ 菽：豆类植物。稷：谷类植物。艺：种植。

⑦ 靡：没有。王税：官府征收的赋税。

⑧ 暧：遮掩。

⑨ 俎豆：祭祀用的礼器，此代指祭祀。古法：指先秦礼仪。

⑩ 童孺：小孩。纵：任意、随心。

⑪ 斑白：指老人。游诣：往来问候。

⑫ 节和：节气温和。

⑬ 纪历志：岁历记载推算。

⑭ 奇踪：指桃源之隐。五百：从秦末到东晋时的年代约数。

⑮ 神界：神奇的境界。

⑯ 淳：淳朴，指桃源。薄：浇薄，指尘世。

⑰ 游方士：指世俗中人。方，方内。

⑱ 尘嚣：尘土飞扬，喻世俗。

⑲ 言：语助词。蹑（niè）：脚踏。

⑳ 高举：高飞。吾契：指桃源隐居者。契，投合。

　　作为一种社会理想的艺术再现，陶渊明笔下的桃花源对饱受封建剥削和世俗伪诈之苦的历代人民来说，无疑是一个永恒的诱惑。诗人在这篇用散文和诗歌相结合的作品中,用引人入胜的叙述手法,讲述了一个虚构的寓言故事。当人们随着武陵捕鱼人进入风景优美、由一群为避秦乱的人创立的桃花源时,不仅能为展现在眼前的自然景状惊喜万分,而且又能深切地体会到村民的热情淳朴,从而产生强烈的留连忘返之情。在这里,既没有连年不断的战乱带来的严重破坏,也没有一年到头辛勤劳作却难以应付的沉重课税。一切是那么的自然和谐,他们努力耕作,充分享受劳动和收获的欢乐;他们热情好客,始终保持着幼有所长、老有所终的传统美德。尽管桃花源的构筑在现实中有从汉末至东晋人们为避难而逃居深山形成的堡坞为依据,但它本质上却是一种社会文化思想的理想展示。这种理想在吸取儒家有关大同社会"天下为公"(《礼记·礼运》)的精髓同时,还糅入了道家"小国寡民"、"甘其食,美其服,安其居,乐其俗"(《老子》)的政治主张,以及从古《击壤歌》"帝力于我有何哉"到魏晋阮籍、嵇康等无君论思想。

在这篇作品中,《记》与《诗》珠联璧合,相得益彰。《记》用渔人的眼光欣赏桃源,最初的惊喜和最终的失望演成了世俗和理想的剧烈碰撞,留下的只是稍纵即逝的灿烂火花。《诗》则以诗人的眼光审视桃源,在对桃源作深入的观照中抒写对它的认同和追求,展露的是冲破社会黑暗的一丝曙光。《记》与《诗》的纵式记叙和横式述说,以史才与诗才相结合的方式,集中显示了诗人独出于时的思想境界和艺术才能。这是一个对传统文化有着精深理解、对历史现实有着深刻认识的睿智者,为当世和后代贡献的一份宝贵的思想文化遗产。

与 子 俨 等 疏

告俨、俟、份、佚、佟①: 天地赋命,生必有死。自古圣贤,谁能独免? 子夏有言②:"死生有命,富贵在天。"四友之人,亲受音旨③。发斯谈者④,将非穷达不可妄求⑤,寿夭永无外请故耶⑥? 吾年过五十,少而穷苦,每以家弊,东西游走。性刚才拙,与物多忤⑦,自量为己,必贻俗患[8]。偍俛辞世[9]，使汝等幼而饥寒。余尝感孺仲贤妻之言[10]，败絮自拥，何惭儿子。此既一事矣。但恨邻靡二仲[11]，室无莱妇[12]，抱兹苦心，良独内愧[13]。少学琴书，偶爱闲静，开卷有得，便欣然忘食。见树木交荫，时鸟变声，亦复欢然有喜。常言五、六月中，北窗下卧，遇凉风暂至[14]，自谓是羲皇上人[15]。意浅识罕[16]，谓斯言可保[17]，日月遂往，机巧好疏[18]。缅求在昔[19]，眇然如何[20]？病患以来，渐就衰损，亲旧不遗，每以药石见救[21]，自恐大分将有限也[22]。

① 俨、俟、份、佚、佟：作者的五个儿子，非一母所生。

② 子夏：孔子弟子，姓卜名商。引言见《论语·颜渊》。

③ 四友二句：说孔子的四个学生颜渊、子贡、子张、子路（见《孔丛子》），同时亲耳听到了子夏的话。

④ 斯谈：指前引子夏语。

⑤ 将非：莫不是。穷达：穷困显达。

⑥ 寿夭：长寿短命。外请：向外人求取。

⑦ 物：包括世事与人。忤（wǔ）：违拗、抵触。

⑧ 贻：遗留、招致。

⑨ 黾勉（mǐn miǎn）：勤奋努力。辞世：指隐居。

⑩ 孺仲：东汉王霸，字孺仲。《后汉书·列女传》载其与同乡令狐子伯友善，一次见做官的令狐儿子服饰华丽、举止有度，而与自己一起归隐的儿子蓬头垢面，不觉自惭。但他的妻子却以"奈何忘宿志而惭儿女子乎"相劝。

⑪ 但：只。靡：无。二仲：指与汉末名士蒋诩往来的求仲、羊仲。

⑫ 莱妇：春秋末楚国隐士老莱子之妻，曾以居乱世而为人所制，不免于患，劝夫归隐（见《列女传》）。

⑬ 良：实在。

⑭ 暂：忽然。

⑮ 羲皇上人：伏羲氏以前的人。羲皇，伏羲，传说中的上古帝王。

⑯ 罕：稀少。

⑰ 斯言：指"五、六月中"数语。

⑱ 机巧：机智灵巧，此指体力智力。好疏：差得很远。

⑲ 缅：远。

⑳ 眇然：高远,此指情怀超脱。

㉑ 药石：草药和砭石,泛指药物。

㉒ 大分：指寿限。

　　汝辈稚小家贫,每役柴水之劳①,何时可
免？念之在心,若何可言。然汝等虽不同生②,
当思四海皆兄弟之义③。鲍叔、管仲,分财无
猜④;归生、伍举,班荆道旧⑤。遂能以败为
成⑥,因丧立功⑦。他人尚尔⑧,况同父之人哉！
颍川韩元长⑨,汉末名士,身处卿佐⑩,八十而
终。兄弟同居,至于没齿⑪。济北氾稚春⑫,晋
时操行人也⑬,七世同财,家人无怨色。《诗》
曰："高山仰止,景行行止⑭。"虽不能尔,至心
尚之⑮。汝其慎哉,吾复何言？

① 柴水：指打柴汲水。

② 不同生：非一母所生。

③ 四海皆兄弟：语本《论语·颜渊》载子夏曰："四海之内,皆

兄弟也。"

④ 鲍叔二句：《史记·管晏列传》载管仲贫困时曾与鲍叔一起做生意，分利时自己常多拿，而鲍叔知道他穷，不以为他贪。

⑤ 归生二句：《左传》襄公二十六年载伍举与归生友善，伍举因罪出逃，归生在郑国郊外遇见他，仍和他一起席地而坐，交谈话旧。班，铺设；荆，柴草。

⑥ 以败为成：指管仲在公子纠失败后被俘，因鲍叔的推荐当上了公子小白(即齐桓公)的宰相。

⑦ 因丧立功：指伍举因父兄被杀出奔郑国后回楚国，协助楚公子围继承王位。

⑧ 尚尔：尚且如此。

⑨ 韩元长：韩融，字元长，东汉颍川(今河南禹州)人。

⑩ 卿佐：韩融献帝时任职太仆。

⑪ 没齿：年老无牙。

⑫ 氾稚春：氾毓，字稚春，西晋济北(今山东长清)人。

⑬ 操行人：有节操品行的人。《晋书·儒林传》说氾毓"少履高操，安贫有志业"，曾累世九族客居青州，到毓时已达七代。时人称其家"儿无常父，衣无常主"。

⑭ 高山二句：语出《诗经·小雅·车舝》。仰，抬头仰望。景
　行，光明大道。止，句末助词。
⑮ 至心：至诚之心。尚：尊崇。之：指前举鲍、管、归、伍、韩、
　氾等人。

　　大约在宋永初二年（421）诗人五十三岁时，他所患
痁疾曾一度加剧。重病中他自恐来日无多，便怀着生死
由命的达观态度，给几个儿子留下了这封带有遗嘱性质
的家信。信一开始，就开宗明义地提出生必有死，接着
从孔子弟子子夏“死生有命，富贵在天”的名言中，引出
“穷达不可妄求，寿夭永无外请”的道理，然后就此分层
叙说。首先是用年过知天命的岁数来回首已往，虽有自
责，却也有情出非己的无奈和闲居躬耕的欢然自喜，孺
仲妻的话使他深信对生活方式作出的选择，而不受拘束
的生活也使他充分感受到羲皇上人般的闲适。这种对
平生志趣的追述，实际上充满了“穷达不可妄求”的生
活哲理。其次是以病重难久的心情来交代后事，尽管没
有足够的财产留给后代，诗人还是真诚地希望他们能像

鲍叔、管仲那样对待家产，像归生、伍举那样念及情谊，像韩元长那样兄弟同居，像氾稚春那样七世同财，这又是在"寿夭永无外请"思想支配下的殷殷嘱托。全信款款而谈，语重心长，尤能体现诗人的一生志趣及满腔深厚的舐犊之情。所以前人曾说："与子一疏，乃陶公毕生实录、全副学问也。穷达寿夭，既一眼觑破，则触处任真，无非天机流行。末以善处兄弟劝勉，亦其至情不容已处。读之惟见真气盘旋纸上，不可作文字观。"（林云铭《古文析义》）

怨诗楚调示庞主簿邓治中

天道幽且远①，鬼神茫昧然②。结发念善事③，僶俛六九年④。弱冠逢世阻⑤，始室丧其偏⑥。炎火屡焚如⑦，螟蜮恣中田⑧。风雨纵横至，收敛不盈廛⑨。夏日长抱饥，寒夜无被眠。造夕思鸡鸣⑩，及晨愿乌迁⑪。在己何怨天，离忧凄目前⑫。吁嗟身后名⑬，于我若浮烟。慷慨独悲歌,钟期信为贤⑭。

① 天道:指主宰万物盛衰的法则。幽:深邃。

② 茫昧:茫然无知。此即《论语·先进》所谓"未能事人,焉能事鬼"之意。

③ 结发:古代男子二十行冠礼,开始束发。

④ 黾勉(mǐn miǎn):勤奋努力。六九年:五十四年。

⑤ 弱冠:指才行冠礼,还未成熟。世阻:指江西一带水灾饥馑,时局动乱。

⑥ 始室:三十岁。语本《礼记·内则》:"三十而有室,始理男事。"室,家室,妻子。丧其偏:此指丧妻。

⑦ 炎火:喻指烈日。焚如:像火燃烧一样。

⑧ 螟蜮(yù):吞食禾苗的害虫。恣:放肆,任意。

⑨ 不盈廛(chán):不够一家食用。廛,古代一家所居之地。

⑩ 造夕:到晚。

⑪ 乌迁:太阳西落。乌,因传说日中有三足乌而代指太阳。

⑫ 离:遭遇。

⑬ 吁嗟:感叹词。

⑭ 钟期:古代高士钟子期,著名琴手伯牙的知音。此用以喻

指题中的庞主簿、邓治中。信：确实。

梁启超曾说过这样的话："唐以前的诗人，真能把他的个性整个端出来和我们相接触的，只有阮步兵和陶彭泽两个人，而陶尤为甘脆鲜明。"（《陶渊明之文艺及其品格》）而我们又可以毫不夸张地说，这首作于宋永初三年（422）五十四岁时的"怨诗楚调"，是最能体现诗人这一鲜明特点的代表作之一。

诗人在这里首先回顾了自己坎坷的一生，陈述了晚年饥寒交迫、难以度日的生活困境。从才成年就遭逢世乱，到中年丧妻，再到晚年衣食无着，这种经历使从小就"念善事"而始终不得好报的他对主宰公道和命运的天道、鬼神，产生了强烈的怀疑。他从自己的切身遭遇中深感天道幽远，鬼神茫然，两者都不可信。其感情之激烈、抒写之大胆，可谓独出于时。其中"夏日"四句写忍饥挨冻心理特征尤为真切，非长期身历其境决不能道来。其次，正如诗人在其他作品中所一再表示的那样，他对自己僶勉一生和晚年饥寒又并不后悔。生前不计

穷达,身后不求浮名,诗人只是用他的真和诚坦然面对
人生,尽管人生对他来说并不美好,命运对他来说也不
公平。唯一能让他感到欣慰的,是他的这种情怀还能
向像庞主簿(庞遵,字通之;主簿,官名)和邓治中(名
未详;治中,官名)这样的故人倾诉,得到他们的同情
和理解。

　　全诗值得注意的是一个"怨"字,既以为题,又以为
咏,可见是整篇立意所在。但正如明人黄文焕所言,其
"'丧室'至'乌迁'叠写苦况,无所不怨;忽截一语曰
'在己何怨天',又无一可怨;'何怨'后复说'离忧凄目
前',又无一不怨矣"(《陶诗析义》)。此种手法,正从
"楚调"即楚辞中得来,故其怨情展转至深,悲凉慷慨。

有 会 而 作 并序

　　旧谷既没,新谷未登①,颇为老农,而值年灾,
日月尚悠,为患未已。登岁之功②,既不可希,朝夕
所资,烟火裁通③。旬日已来,始念饥乏。岁云夕

矣④,慨然永怀,今我不述,后生何闻哉!

　　弱年逢家乏⑤,老至更长饥。菽麦实所
羡⑥,孰敢慕甘肥。惄如亚九饭⑦,当暑厌寒
衣⑧。岁月将欲暮,如何辛苦悲。常善粥者
心⑨,深念蒙袂非⑩。嗟来何足吝⑪,徒没空自
遗⑫。斯滥岂攸志⑬,固穷夙所归⑭。馁也已矣
夫⑮,在昔余多师。

① 未登: 没有登场,指歉收。

② 登岁之功: 一年的收成。

③ 裁通: 才勉强够用。

④ 岁云夕矣: 时近年末。

⑤ 弱年: 此指少年。

⑥ 菽: 豆类总称。

⑦ 惄(nì)如: 饥饿感。语出《诗经·周南·汝坟》。亚: 仅次
　于。九饭: 相传子思居卫,三旬内只有九次饭可吃(见
　《说苑》)。

⑧ 当暑句: 说到了夏天还穿着可厌的冬衣。

⑨ 善：称道。粥者心：指荒年施粥赈济饥民的慈悲心肠。《礼记·檀弓》说一年齐国大饥，黔敖在路边放了食物，口中吆喝"嗟，来食"，让过路的饥民来吃。其中有一人用袖遮脸，不吃嗟来之食，终致饿死。

⑩ 蒙袂：即指用袖遮脸不吃施舍而饿死的人。

⑪ 嗟：表示鄙视的语词。吝：耻辱。

⑫ 徒没：白白死去。

⑬ 斯滥：指小人。语出《论语·卫灵公》："君子固穷，小人穷斯滥矣。"攸志：所愿。

⑭ 固穷：安于贫穷，指君子。夙：平素。

⑮ 馁：饥饿。已矣夫：表示无法改变的语气词。

萧统《陶渊明传》记有江州刺史檀道济去见陶渊明，渊明"偃卧瘠馁有日"，但不受所赠粱肉一事，论者因以为此诗即有感于此而作（见龚斌《陶渊明集校笺》），且考定时间在宋元嘉三年（426）。其说大致可信。

在这首诗中，陶渊明除了在序和正文中陈述了所面临的缺衣少食的生活困境外，还表达了一个重要的思想,那就是既要"固穷",在贫苦的生活中坚守为人的节操,不像世俗小人那样去拼命钻营,谋求荣华富贵;但又不能轻生,把宝贵的生命当作赌气的儿戏,像蒙袂者那样白白饿死。君子身处患难却能在安贫乐道中获得精神自由,小人心为物役,最终在随波逐流中丧失天性,在两者的对比中,诗人选择和坚持的是前者。因此尽管"弱年逢家乏,老至更长饥",但他还是坦然表示"馁也已矣夫,在昔余多师",既要坚持夙愿,也要珍惜生命,在这种看来是矛盾的态度中,去寻求最大的生存价值。

前人说此诗"正言菽粟不足,却以甘肥为衬,则意深而曲,有味矣";又说"斯滥"二句"解上文,言彼宁死不肯滥,则余今日亦止有固穷甘馁而死,正以师昔人也。读此乃见公用笔之变,用意之深曲,文法妙不可测"(方东树《昭昧詹言》卷四)。

挽 歌 诗 三 首 (选一)

荒草何茫茫,白杨亦萧萧①。严霜九月中,

送我出远郊。四面无人居，高坟正嶕峣②。马为仰天鸣，风为自萧条。幽室一已闭③，千年不复朝。千年不复朝，贤达无奈何。向来相送人，各自还其家。亲戚或余悲，他人亦已歌。死去何所道，托体同山阿④。

① 萧萧：风吹林木声。

② 嶕峣(jiāo yáo)：高大耸立貌。

③ 幽室：即墓穴。

④ 山阿：山陵。

虽然自作挽歌为自己送葬，是当时文人的一种风尚，渊明自然不会不受其影响；但诗人一贯对生死寿夭持达观态度，这在《与子俨等疏》、《自祭文》中都有明确表示。这组挽歌共三首，按顺序分别写死殓、出殡和送葬。然而无论是"有生必有死，早终非命促"（第一首）的率直，还是"在昔无酒饮，今但湛空觞"（第二首）的婉转，或者这首诗"死去何所道，托体同山阿"的洒脱，都显得从容安闲,旷达坦然。诗人在临终前设想,前来为他送葬的亲朋故友在严霜零落的九月中,行进在荒草茫茫、白杨萧萧的郊外,到了墓地,埋了棺木,他于是从此与人间昼夜永别。然后送葬者带着余悲各自回家,而自己的躯体将慢慢与山丘化为一体。诗中的描写是那么的真切,仿佛人们埋葬的不是自己,而是另外一个什么人;而他自己却在高处俯视,平静地看着眼前发生的这一切。

前人曾说"三篇之中,末篇尤调高响绝。千百世下如闻其声,如见其情也……以浅语写深思,更耐人咀味不尽尔……看其'千年不复朝,贤达无奈何'二语,幽凄俯仰欲绝"(温汝能《陶诗汇评》);又说"此诗气格笔势横恣,游行自在,与《三百篇》同旷,而又全具兴、观、群、怨,杜公且逊之"(方东树《昭昧詹言》卷四)。

在留下这几首绝命诗后,一个跨时代的大诗人就这样带着自己坚定的人生信念和真诚的生活态度,平静而安详地离开了这个充满灾难与喧嚣的尘世。他的躯体和灵魂,正如生前所希望的那样,已融入了高山大川,令后人万世景仰。

谢灵运

导　　言

> 谢公才廓落，与世不相遇。
>
> 壮志郁不用，须有所泄处。
>
> 泄为山水诗，逸韵谐奇趣。
>
> 大必笼天海，细不遗草树。
>
> 岂惟玩景物，亦欲摅心素。

　　唐代诗人白居易在《读谢灵运诗》中说的这几句话，准确概括了南朝第一位大诗人谢灵运的身世遭遇和诗歌特色。

　　高贵的出身、显赫的家世、良好的教育，使他从小生性颖悟、才情脱俗，长大后更是心高气傲，以出任朝廷要职自期。然而他却偏偏碰上了晋宋易代，那个登上大位的刘裕，又偏偏是寒士出身，其内心的不满可想而知。

他想要有所作为,却始终难以有所作为。于是偏激的性格一而再、再而三地转化为目无法纪的放旷行为,江南的山山水水也就成了他经常出游和宣泄郁愤的去处。他在此期间创作的诗歌,把文人对自然景物的关注程度和表现品位,都提升到了前所未有的高度,从而使山水诗得以全新的面目出现于沉寂已久的晋宋诗坛。这一重大贡献,不仅让前此的玄言诗和后起的宫体诗都不禁黯然失色,而且其影响远及唐宋、金元,直至明清而历代不衰。因此尽管在刘宋时期的政坛上谢灵运只能是一个匆匆的过客,可是他在中国古代诗歌发展史,乃至整个古代文学发展史上,却成了一个具有里程碑意义的著名作家,留下了难以磨灭的印迹。

谢灵运在中国诗坛上之所以能成为创立山水诗的标志性人物,首先在于他是以山水景物大量入诗的第一人。而写景的"不厌其烦",又在于"能换面目"(黄节《谢康乐诗注》引张山来语)。也就是说,对于同样或类似的山水景物,诗人既能根据四季的差别、晨昏和雨晴的不同,写出整体规模的雄伟壮阔、局部姿态的细丽微妙,同时还能从登临时的角度和心情的转换,以及触类而通的理性思辨出发,将各个时期的所见所感,汇集成一幅幅色彩斑斓、面目各异的山水画卷,其中又积淀了包括儒学、道学和佛学在内的深厚的文化素养和积极的创新精神。

如果说取材的相对集中和表现的多元化还只是谢灵运山水诗创作的一种表象,那么情感和景物的时隐时现和反复交替,则往往透示出诗人特有的孤傲不群,以及独有会心的奇趣。在这方面,早年《过始宁墅》以过旧山时的景物描写淳蕴面对祖先故宅的复杂感情,中期《游南亭》由本望借自然澡雪精神的郊游转为万事皆空归隐家山的浩叹、《登石门最高顶》从绝顶回溯来路自寓逸荡之气,晚年《入彭蠡湖口》在入鄱阳湖总揽三百里景物后仍无法参悟冥冥之理,都极具代表性。所以前人称他的山水诗"于汉魏之外,另辟蹊径,舒情缀景,畅达理旨"(黄子云《野鸿诗的》)。而这一特点的形成,显然又与当时"因谈余气"未消、诗人深谙老庄和精通佛理密切相关。它对以后用奇险深奥之体来写幽崛不平之思的诗歌流派的产生，无疑具有"导夫先路"的作用。

　　然而，正如对谢灵运的为人品行历来多有争议一样，人们对他的诗歌创作风格也有不同的看法。认为他诗风自然，如鲍照所谓"谢五言如初发芙蓉，自然可爱"（《南史·颜延之传》），唐人皎然也说"康乐为文，直于情性，尚于作用，不顾辞采，而风流自然"（《诗式》）。相反，《南齐书·文学传论》则把当时诗文的"虽存巧绮"、"酷不入情"归罪谢氏，唐代严羽《沧浪诗话》也指出"康乐之诗精工，渊明之诗质而自然"。直到清代，这种争执才有了一个综合性的结论。方东树说他的诗"以人巧造天工"（《昭昧詹言》）、沈德潜以为谢诗"大约匠心独造，少规往则，钩深极端，而渐近自然"（《说诗晬语》），这种意见可以说比较客观地概括了谢诗的总体风格特征。

　　其实如果对此作进一步剖析，便不难发觉古人对谢诗所作的评价之所以出现上述分歧，其原因即在于各自选择的参照对象不同。如鲍照说谢诗"自然可爱"，系相对颜延之诗的"若铺锦列绣，亦雕缋满眼"（同上引

《南史》）而言；严羽称谢诗"精工"，则又相对陶渊明诗的质直而言。这种比较在具有较强的针对性的同时，也不可避免地存在相对的局限性。一般来说，颜延之诗文的注重文采典丽而缺乏真情实感，已被其历来流传不广所证实；而陶渊明的自然与谢灵运也有所不同。同样是描写自然景物，前者多取田园风光，主体是以回归的心态力求融入自然，后者则多用山水景物来关照内心的感悟，即所谓"形以媚道"；前者以真实的笔墨再现客体，后者却以求新的手法描摹对象。两者在取径和方法上都存在明显的差别。因此无论自然还是工巧，无一不是诗人性情和艺术追求在创作中的客观反映，其中很难找到一个绝对的标准。

前人在谈到陶渊明和谢灵运时，除了指出他们的差异外，更多的倒是称赞他们的共同成就。从杜甫的"焉得思如陶谢手，令渠述作与同游"（《江上值水如海势聊短述》），到王安石的"未怕元刘妨独步，每思陶谢与同游"（《示俞秀老》），再到陆游的"陶谢文章造化侔，篇成能使鬼神愁"（《读陶诗》），莫不如此。其间原因，自然是由于他们在诗风转变的重要关头为挣脱玄言的虚浮与枯燥作出了杰出的贡献,同时还在于他们的创作殊途同归,唤回了诗歌创作主情、求真、创新的灵魂。所以清人沈德潜曾说:"陶诗合下自然,不可及处,在真在厚。谢诗追琢而返于自然,不可及处,在新在俊。千古并称,厥有由夫。"(《古诗源》)

一、入仕前后

谢灵运(385—433),原籍陈郡阳夏(今河南太康),出生于会稽始宁(今浙江上虞)。父亲谢瑍是东晋开国时的著名人物、指挥淝水之战以八万人马击败苻坚百万之众的谢玄之子。母亲刘氏,则是王献之的甥女。由于家族人丁不旺,灵运的家人怕他养不大,很小的时候就把他寄养在钱塘(今杭州)的道馆中,直到十五岁才被接回京城建康(今南京)。因此史书说他小名客儿,又称阿客或谢客。

灵运生而早慧,深得祖父谢玄的赏识。谢玄曾经感叹:"我乃生瑍,瑍那得生灵运!"(《宋书》本传)大约在四岁那年,谢玄死于会稽(今绍兴)任所。谢瑍袭封康乐县公,不久也早亡。在美丽的西子湖畔度过童年以后,他先是回到了始宁墅老家,不久又因避难,住进了建康的谢氏官邸,即著名的王谢二姓集居的乌衣巷,过着钟鸣鼎食的豪华生活。

在寄居钱塘时,灵运就笃志好学,"博览群书"。到了建康后,更是受到家族良好的文化熏陶。尤其是他的族叔、晋孝武帝的女婿谢混,不仅是当时政界的中心人物,而且文采风华堪称江左第一。为了维护家族在社会上的利益,他特别注重对子侄辈的素质培养。史书称他"风格高峻,少所交纳。唯与族子灵运、瞻、晦、曜以文义赏会,常共宴处"(《南史·谢弘微传》)。而灵运在其中又是深受赏识的佼佼者,被谢混称有名家风韵,并说他"若加绳染功,剖莹乃琼瑾"(同上)。

约在十八岁左右,灵运袭封康乐公,按惯例授员外散骑侍郎,世家贵胄往往由此迁转,坐致公卿。但他却辞官不就,原因或与当时桓玄谋反攻入建康有关。到了义熙元年(405),他才出任琅邪王大司马行参军,从此正式步入仕途。不久,转为抚军将军刘毅的记室参军。

晋室南渡后,朝廷的权力之争始终未能停息,一派是晋室的维护者,主要以谢氏家族为代表;另一派则以篡夺为目的,桓温、刘裕是首领。灵运入仕之日,正值刘裕权势日盛之时。为了与其抗衡,谢氏就与刘毅联合,组成反对刘裕的联盟。而灵运从一开始起,便是谢氏世族集团用以牵制刘裕的一枚重要的棋子。

强烈的门第观念,出众的文学才华,以及"为性褊激,多愆礼度"(《宋书》本传)的鲜明个性,再加上无可选择的社会背景,这些都决定了天才诗人谢灵运的人生道路,铸就了他的悲剧命运。

述祖德诗二首(选一)

序曰:太元中①,王父龛定淮南②,负荷世业,尊主隆人。逮贤相徂谢③,君子道消④,拂衣蕃岳⑤,考卜东山⑥,事同乐生之时⑦,志期范蠡之举⑧。

中原昔丧乱⑨,丧乱岂解已⑩。崩腾永嘉

末⑪,逼迫太元始。河外无反正⑫,江介有蹙圯⑬。万邦咸震慑⑭,横流赖君子⑮。拯溺由道情⑯,龛暴资神理⑰。秦赵欣来苏⑱,燕魏迟文轨⑲。贤相谢世运⑳,远图因事止㉑。高揖七州外㉒,拂衣五湖里㉓。随山疏浚潭㉔,傍岩艺枌梓㉕。遗情舍尘物,贞观丘壑美㉖。

① 太元:晋孝武帝年号,公元376—396年。

② 王父:祖父,指谢玄。龛(kān)定:平定。龛通"戡"。淮南:淮水以南。此指谢玄太元八年(383)于淝水大破南犯的前秦苻坚。

③ 逮:及,到。贤相:指谢玄的叔叔谢安,孝武帝时任宰相。徂(cú)谢:去世。

④ 君子句:语出《周易·否卦》,说正派人受压。

⑤ 拂衣:古人起身时的一种动作。蕃岳:地方长官。蕃通"藩",岳指岳牧。

⑥ 考:老。卜:选择。东山:在浙江始宁(上虞)。

⑦ 乐生:指战国时燕人乐毅,曾率兵伐齐连下七十余城,后中

反间计出奔赵国。

⑧ 范蠡(lǐ)：春秋时楚人，曾助越王勾践灭吴，后变名易姓游历江湖。

⑨ 中原：指西晋故都洛阳一带。丧乱：指匈奴南下侵扰。

⑩ 解已：止息。

⑪ 崩腾：山崩水腾，喻国家遭受严重破坏。

⑫ 河外：指淮河以外洛阳等地。反正：平乱扶正。

⑬ 江介：长江边。蹙圮(cù pǐ)：喻指偏安江南的东晋国土局促日削。蹙，窘迫。圮，毁坏，倒塌。

⑭ 万邦：各国。咸：都。震慑：震动害怕。

⑮ 横流：喻局势混乱。君子：指谢玄。

⑯ 拯溺：拯救落水者。此句语本《孟子·离娄上》"天下溺，援之以道"。

⑰ 资：依赖，凭借。神理：指应付事变的才智。

⑱ 秦赵：指氐族苻坚统治的河南、陕西等地。来苏：《书·仲虺之诰》"后来其苏"的缩语。来，说晋军来北，苏，指人民摆脱异族统治暂获喘息。

⑲ 燕魏：指由鲜卑族慕容氏统治的河北、山东地区。迟(zhì)：等待。文轨：《礼记·中庸》"书同文，车同轨"的

缩语,指国家统一。

⑳ 贤相:指谢安。谢世运:指去世。谢,辞别。

㉑ 远图:指收复北方失地、统一祖国的远大志向。

㉒ 高揖:拱手相让。七州:指谢玄曾做过都督的徐、兖、青、司、冀、幽、并七个州郡。

㉓ 五湖:古指太湖,此借指始宁太康湖。

㉔ 疏:开凿。浚:深。

㉕ 艺:栽种。枌:白榆。梓:梓树。

㉖ 贞观:尽情游览。丘壑:山水。

　　门阀制度是东汉末年开始形成的,到了魏晋南北朝时期,讲究门第阀阅几乎成了入仕的必备条件。所谓"下品无高门,上品无贱族"(《文选》任彦昇《为萧扬州荐士表》李善注引谢灵运《宋书序》),即是当时社会现实的真实反映。由于谢姓早在晋室南渡前就是陈郡阳夏的名门望族,加上东晋建立之初,谢安继王导之后为相,谢玄相广陵,在太元八年(383)的淝水之战中击败强敌,收复徐、兖、青、豫等州,为巩固东晋政权立下赫赫战功,这些都使谢灵运对自己的出身和门第充满了强烈的优越感。这两首有"识度高明"(皎然《诗式》)之誉的述祖德诗,便是这种情感的自然流露。其第一首云:

> 达人贵自我,高情属天云。兼抱济物性,而不
> 缨垢氛。段生藩魏国,展季救鲁人。弦高犒晋师,
> 仲连却秦军。临组乍不缫,对珪宁肯分。惠物辞所
> 赏,励志故绝人。苕苕历千载,遥遥播清尘。清尘
> 竟谁嗣,明哲垂经纶。委讲辍道论,改服康世屯。
> 屯难既云康,尊主隆斯民。

与上诗虚含不同,此诗实叙,先从永嘉末年刘聪、石勒作乱,导致中原地区陷于异族统治落笔,写出晋室当时战乱不断、疆土日蹙的危急形势。然后正面称扬祖父谢玄以过人的卓识和才干,击败前秦的南侵之敌,保全了东晋在南方的半壁江山。但由于贤相谢安的不幸去世,原本要收复中原的远大计划受阻终止。这样祖父只能让位归隐,像范蠡那样徜徉江湖,尽情观赏山水之美。全诗记事历转而下,详略得体,寓颂于述,颇有史笔之

妙。故前人评曰："起六句叙时事,语壮阔该简,有气称题,为第一段。'万邦'六句承递入题,次第精实,全篇中权正位,为第二段。'拯溺'二句身分,凝句顿挫。'贤相'以下收转……以结述德之旨,见归宿……以诗论,则经营布置,称停稠密,可谓极工,笔亦简老。"(方东树《昭昧詹言》卷五)

九日从宋公戏马台集送孔令

　　季秋边朔苦①,旅雁违霜雪②。凄凄阳卉腓③,皎皎寒潭洁。良辰感圣心④,云旗兴暮节⑤。鸣葭庋朱宫⑥,兰卮献时哲⑦。饯宴光有孚⑧,和乐隆所缺⑨。在宥天下理⑩,吹万群方悦⑪。归客遂海隅⑫,脱冠谢朝列⑬。弭棹薄枉渚⑭,指景待乐阕⑮。河流有急澜,浮骖无缓辙⑯。岂伊川途念⑰,宿心愧将别⑱。彼美丘园道⑲,喟焉伤薄劣⑳。

① 季秋：晚秋。边朔：北方边地。此指彭城(今江苏铜山)，因当时淮河以北为异族所占，故云。

② 违：背离。

③ 凄凄句：用《诗·小雅·四月》"秋日凄凄，百卉具腓"意。卉：草木。腓：病黄貌。

④ 良辰：指农历九月初九重阳节。圣：圣人，此指宋公刘裕。当时他虽未代晋称帝，但已事在必然了。

⑤ 云旗：画有云霓的彩旗。暮节：晚秋。

⑥ 葭：通笳，笛子。戾：至。朱宫：戏马台楼观。

⑦ 兰卮(zhī)：指美酒。卮，酒杯。时哲：当代贤人，指孔靖，刘裕曾让他作宋国尚书令，辞不受。

⑧ 饯宴：送行酒宴。光有孚：发扬诚信。"有孚"语本《周易·未济》"有孚于饮酒，无咎"，谓逸乐不废政事。

⑨ 和乐：用《诗·小雅·鹿鸣》言君臣宴集欢愉和谐之意。所缺：指被废弃了的君臣宴乐之礼。

⑩ 在宥句：语本《庄子·在宥》"闻在宥天下，不闻在治天下"，谓治国应按自然与社会规律行事。

⑪ 吹万句：用《庄子·齐物论》记南郭子綦"夫吹万不同，而使其自已也"语意，谓给百姓以充分的自由才能让他们高兴。

⑫ 归客：指辞职归乡的孔靖。遂：往。海隅：海边。孔靖故
乡山阴（今浙江绍兴）靠海，故云。

⑬ 脱冠：辞去官职。谢：告别。

⑭ 弭棹：停下船桨。薄：通"泊"，停靠。枉渚：弯曲的水岸。

⑮ 景：日影。乐阕：指送别乐曲终了。

⑯ 浮骖：奔驰的马车。

⑰ 伊：那些。川途：指水陆旅程。

⑱ 宿心：生平意愿。

⑲ 彼：指孔靖。丘园道：隐居之路。语本《周易·贲卦》王肃
注："失位无应，隐处丘园。"

⑳ 喟：感叹。薄劣：才质低下。

　　诗人从晋义熙二年（406）入刘毅幕为记室参军，至
八年刘毅被刘裕击败自杀，前后共七年。当年他即被刘
裕任为太尉参军，次年改秘书丞，但不久又被免职。到
了义熙十二年（416），刘裕准备北伐，召他为咨议参军，
又转中书侍郎、世子中书咨议、黄门侍郎等职。九月，刘
裕军到达彭城（今江苏铜山），诗人奉使慰劳，作有《撰征
赋》。一年后，刘牢擒姚泓，得胜而回，仍驻彭城。义熙十

四年(418)刘裕受相国宋公的官职和封爵,九月诗人又一次前往彭城,正巧赶上重阳节刘裕在当年项羽的戏马台设宴饯别辞官东归的孔靖,便与众人一起写诗称颂。

诗的前四句从"九日"落笔,以精炼的语言概括出重阳的时令特征。"良辰"八句写宋公宴集送行,前四句为场景描绘,后四句则从义理上加以称扬。然后用"归客"六句说孔临别及登程,纪实与想象并施。最后"岂伊"四句才归结到自己送别时的感叹,隐约中已透露出与时事的不谐之音。孔靖是刘裕的好友,他在刘裕代晋自立已成必然之势时,不仅谢绝了授给他的宋国尚书令的要职,而且接着又干脆辞官归乡,这本身就是一个非同寻常的举动。谢诗美而慕之,其深层含意已不言自明。此诗无论在篇章结构、描述技巧,还是在即景抒情、由情入理等方面,都是这一时期诗歌创作的代表。它已在很大程度上显示了诗人今后创作所遵循的方向。这一时期,诗人还作有《彭城宫中直感岁暮》诗:

> 草草眷徂物,契契矜岁殚。
>
> 楚艳起行戚,吴趋绝归欢。

修带缓旧裳，素鬓改朱颜。

晚暮悲独坐，鸣鹍歇春兰。

也抒写了岁暮怀归和忧谗畏讥的情怀。

永初三年七月十六日之郡初发都

述职期阑暑①，理棹变金素②。秋岸澄夕阴③，火旻团朝露④。辛苦谁为情，游子值颓暮⑤。爰似庄念昔⑥，久敬曾存故⑦。如何怀土心，持此谢远度⑧。李牧愧长袖⑨，郤克惭躄步⑩。良时不见遗，丑状不成恶⑪。曰余亦支离⑫，依方早有慕⑬。生幸休明世⑭，亲蒙英达顾⑮。空班赵氏璧⑯，徒乖魏王瓠⑰。从来渐二纪⑱，始得傍归路⑲。将穷山海迹，永绝赏心悟⑳。

① 述职：本指地方官赴京汇报施政情况，此指到任治事。阑暑：夏末。

② 棹：船桨。金素：代指秋季。

③ 此句说傍晚秋景映入澄静阴沉的江中。

④ 火：大火，即二十八宿中的心宿，见于夏秋夜。旻（mín）：
秋天。

⑤ 值：遇上。颓暮：暮色将尽。

⑥ 爱似句：用《庄子·徐无鬼》"（越之流人）及期年也，见似
人者而喜矣"之意，说自己和庄子所言一样，离开京都越
久，就越思念那里的亲友。

⑦ 曾：曾子。存故：关心老友。据《韩诗外传》卷九记载，曾
子召子夏入食，有三不费之说。

⑧ 此：指上言"怀土心"。远度：指庄、曾的胸怀气度。

⑨ 李牧：战国时赵国大将，因臂短而见长袖便觉惭愧。

⑩ 郤（xì）克：春秋时晋国大夫，因跛脚而见他人矫健步伐则
心里难受。

⑪ 丑状：指短臂和跛脚。

⑫ 曰：发语词。支离：支离疏，《庄子·人间世》中的寓言人
物，肢体畸形，不服劳役，常得救济，得终天年。

⑬ 依方：用《庄子·大宗师》"夫游外者依内"之意，说凭借方
内而游方外。

⑭ 休明世：生活安定、政治清明的时代。

⑮ 英达：有卓识的杰出人物，此指庐陵王刘义真。

⑯ 赵氏璧：即和氏璧，因后为赵国所得而名。

⑰ 徒乖：空负。魏王瓠：无用大瓠，因魏王赠惠子种子而名（见《庄子·逍遥游》）。

⑱ 从来：指入仕以来。二纪：二十四年。一纪十二年。

⑲ 傍归路：因所去永嘉与故乡始宁(上虞)相近而言。

⑳ 赏心悟：《宋书·刘义真传》载刘义真云："灵运空疏……但性情所得，未能忘言于悟赏，故与之游耳。"

从义熙元年(405)到八年(412)，谢灵运一直由于谢混的关系，在与刘裕不和的刘毅部下先后任记室参军、卫军从事中郎等职。刘毅被诛，他虽未被直接牵连，可是已被刘裕看作是不可重用之人。此后他历仕太尉参军、秘书丞、谘议参军、中书郎、宋国黄门侍郎等，元熙元年(419)因杀与他小妾通奸的桂兴而被弹劾免官。永初元年(420)，刘裕禅晋，改国号为宋。灵运被降爵为康乐县侯。次年授散骑常侍，转太子左卫率。为了谋取朝中的权要地位，灵运与有夺位野心的刘裕次子刘义真一拍即合，加上颜延之、慧琳等人相互吹捧，很快形成了一个政治色彩颇浓的小圈子。《宋书》本传说"高祖受命，降公爵为侯，食邑五百户……灵运为性褊激，多愆礼度。朝廷唯以文义处之，不以应实相许。（灵运）自谓才能参权要，既不见知，常怀愤愤。庐陵王义真少好文籍，与灵运情款异常"，并许得志之日，以灵运、延之为相。可是随着永初三年（422）太子义符即位，顾命大臣徐羡之、傅亮等辅政，他很快就因"构扇异同，非毁执政"而被"出为永嘉太守"。

这首诗即写于离开京都建康、前往永嘉赴任时。除了记述当时离京的季节和对在京亲友的思念外，诗人在诗中主要表达了两层意思：一是以李牧、郤克自比，说虽有缺陷却还想建功立业，但为了终其天年，不得不像支离疏那样游历方外；一是对刘义真的寄予厚望表示惭愧，说自己名声虽大却无实用，辜负了他的一番好意，从此将隐迹江湖，不问世事。可以说这次打击，是谢灵运一生中的一个重要转捩。它宣告了诗人参与权要之梦的破灭,同时也成了成就诗人山水诗创作取得丰收的契机。

与此同时,他还作有《邻里相送至方山》一诗:

> 祇役出皇邑,相期憩瓯越。解缆及流潮,怀旧不能发。析析就衰林,皎皎明秋月。含情易为盈,遇物难可歇。积疴谢生虑,寡欲罕所阙。资此永幽栖,岂伊年岁别。各勉日新志,音尘慰寂蔑。

同样借离京与亲友惜别的机会表示隐逸避世的意愿,同时暗含对朝政的不满。

二、情寄山水

　　离京赴任,亲友们送诗人登程,在京城东面的方山解缆上船,依依惜别。诗人坐船一路行来,先是顺道回了趟会稽始宁墅老家。小住几天后即与邻居告别,相约三年任职期满后即返乡居住。接着他沿浦阳江而下,夜渡鱼浦潭,然后溯钱塘江西上,经富春渚、七里濑等地至兰溪,又转婺江到达金华,改由陆路经丽水抵青田,再买舟循瓯江东下,直达永嘉。这一路上山清水秀,风景优美,诗人在尽情欣赏的同时,努力以此来排解郁积于心的因仕途人生失意而产生的困惑,写下了一连串蜚声当时和后代的著名诗篇。

　　永嘉郡治在今温州,地处浙东,背山面海,风景清幽。诗人到任后即因苦闷忧虑而卧病在床,直到冬去春来,才起身出游。《宋书》本传说:"郡有名山水,灵运素所爱好。出守既不得志,遂肆意游邀。遍历诸县,动逾旬朔。民间听讼,不复关怀。所至辄为诗咏,以致其意焉。"因此尽管在永嘉的时间并不长,前后大约一年,但所作山水诗,在现存作品中却最为集中。他曾登上秀丽的瞿溪、绿嶂、岭门、白石、石室等山,又泛舟于清澈的瓯江,甚至乘兴借帆直抵沧海。尽管如此,青山绿水能缓解诗人心头一时的郁闷,却拂不去始终重压于胸的被朝廷遗弃的失落。于是他气血高傲地作出了辞官归隐的决定,回到了始宁老家。

在那里,诗人前后大约住了两年多的时间。除了修缮祖父开辟的庄园,精心营造他用以避世的小天地,他还经常与高士名僧游览山水,谈玄说理,写诗作赋。《宋书》本传说他"每有一诗至都邑,贵贱莫不竞写。宿昔之间,士庶皆遍。远近钦慕,名动京师"。在此同时,朝中的政局发生了一系列变化,刘义真、刘义符先后被杀。文帝刘义隆即位后又杀徐羡之、傅亮等人,为了取得士族的支持,他下令征召谢灵运入京,任职秘书监,撰写《晋书》。文帝的本意只是拿他来撑撑门面,哪知道这位贵胄却仍以参与时政自许,应征后不见实质性的任用,便故态复萌,"多称疾不朝,直穿池植援,种竹树堇,驱课公役,无复期度,出廓游行",甚至"经旬不归,既无表闻,又不请急"(《宋书》本传),全然不把朝廷放在眼里。其结果可想而知,不久,文帝即派人暗示他主动辞职,并最后批准了他推病请假回会稽休养的请求。

从本质上看,谢灵运的情寄山水是官场失意后的无奈之举,但也正因为此,才在历史上奠定了他在山水诗创作中举足轻重的地位。而这也正体现了道家所谓"祸兮福之所倚,福兮祸之所伏"(《老子》五十八章)的人生哲理。

过 始 宁 墅

束发怀耿介①,逐物遂推迁②。违志似如昨,二纪及兹年③。缁磷谢清旷④,疲苶惭贞

坚⑤。拙疾相倚薄⑥,还得静者便⑦。剖竹守沧
海⑧,枉帆过旧山⑨。山行穷登顿⑩,水涉尽洄
沿⑪。岩峭岭稠叠⑫,洲萦渚连绵⑬。白云抱幽
石,绿筱媚清涟⑭。葺宇临回江⑮,筑观基曾
巅。挥手告乡曲⑯,三载期归旋⑰。且为树枌
槚⑱,无令孤愿言⑲。

① 束发:指童年。因古人童时结发为髻,故称。耿介:光明
　　正直。

② 逐物:追逐世事。推迁:指时光流逝。

③ 二纪:二十四年。此指诗人于元兴元年(402)入仕,至永
　　初三年(422)离京,前后约二十余年。兹年:今年。

④ 缁(zī):黑色。磷:薄。此指为尘俗所染,意志消磨。语
　　本《论语·阳货》"磨而不磷"、"涅而不缁"。

⑤ 疲苶(ěr):疲倦至极。《庄子》:"苶然疲而不知所归。"

⑥ 拙:愚笨。疾:多病。倚薄:依附。

⑦ 静者:用《老子》"归根曰静,是谓复命"之意。此句说得便
　　回归故乡。

⑧ 剖竹：古代太守赴郡，剖竹为二，中央和郡守各执其一以为符节。沧海：东海古称，此代指永嘉郡。

⑨ 枉帆：指弯一下航线。旧山：故园，即始宁墅，诗人在始宁县（浙江上虞）东山西的庄园。

⑩ 登顿：上下山。

⑪ 洄沿：逆顺流。

⑫ 峭：峻险。稠：密集。

⑬ 洲、渚：水中大小陆地。连绵：接连不断。

⑭ 筱（xiǎo）：细竹。清涟：清水微波。

⑮ 葺（qì）宇：修建房屋。回江：弯曲的江流。

⑯ 乡曲：故乡亲友。

⑰ 三载：三年，古代为官，三年一任。

⑱ 树：种植。枌、槚（jiǎ）：白榆、青楸，名贵树种。

⑲ 孤：通"辜"，违背。愿言：愿望和叮嘱。

　　始宁墅在上虞南乡，是谢灵运的出生地，也是谢玄当年在谢安去世后见恢复大业不可图而退居之处。诗人《山居赋》自注说："余祖车骑建大功淮淝（指淝水之战），江左得免横流之祸。后及太傅（谢安）既薨，远图已辍,于是便求解驾东归,以避君侧之乱。废兴隐显,当是贤达之心,故选神丽之所,以申高栖之意。经始山川,实基于此。"这次受权臣排挤出守永嘉,心情难免抑郁,于是赴任途中的顺道回乡,也就成了诗人有意效法祖父风范的一种举动,他在诗中所主要抒写的,也是与谢玄当年一脉相承的"高栖之意"。

但与祖父的功成身退不同,诗人从元兴初仕到永初三年(422)外放,已饱尝了二十多年宦海风波的种种滋味。他"自谓才能宜参权要"(《宋书》本传),而现实却步步走错,不断遭受猜忌打击,因此心中充满了壮志难酬的幽愤。而这种幽愤,既首见于诗的开始对入仕至今的回顾,又见于因"拙疾相倚"而"得静者便"的无奈,复流注于对故乡山川景物的留连,最终停蓄为告别乡亲时的嘱托。其中"剖竹"两句点题,"白云"一联多被摘作谢诗秀句的例子。结末临别赠言,在预约三年期满即归的同时,又请他们代种可作棺木和墓地标志的粉檟(见《文选》李善、吕向注)。这就清楚地表明,诗人在那时已有归老故土之意,从中正可见其胸中怨愤积蓄之深。

　　诗写得浑厚、清旷，又不乏灵秀、逸荡。谢灵运风格独具的山水诗由此拉开了序幕，以后人们看到的，将是这一题材、这一风格在不同时地的不断延续和升华。

七　里　濑

　　羁心积秋晨①，晨积展游眺②。孤客伤逝湍③，徒旅苦奔峭④。石浅水潺湲⑤，日落山照曜。荒林纷沃若⑥，哀禽相叫啸。遭物悼迁斥⑦，存期得要妙⑧。既秉上皇心⑨，岂屑末代诮⑩。目睹严子濑⑪，想属任公钓⑫。谁谓古今殊，异代可同调⑬。

① 羁(jī)心：在外作客的心情。

② 展：放纵。游眺：任意眺望。

③ 逝湍：奔流而去的川流。

④ 奔峭：水流撞击陡峭的山岩。

⑤ 潺湲(chán yuán)：水流貌。

⑥ 荒林：指罕有人迹的山林。沃若：茂盛貌。

⑦ 遭物：接触景物。迁斥：迁谪斥逐，此指节序推移，时不
我待。

⑧ 存期句：用《老子》"湛兮似或存"和"是谓要妙"两个意
念，说只要深沉自安，便可长存不亡。

⑨ 秉：持执。上皇：上古圣贤。

⑩ 屑：顾及。诮：讥讽、责备。

⑪ 严子濑：在七里濑（一名七里滩，在浙江桐庐境内）东。严
子，汉代名士严光，字子陵，曾与光武帝刘秀同学，终身不
仕，耕于富春。

⑫ 任公钓：《庄子·外物篇》中的寓言，说任公用大钩巨绳，
用时一年，钓到一条足够"浙河以东、苍梧以北"地区百姓
食用的大鱼。诗人借此表明有经世之才。

⑬ 同调：志趣相投。

　　别了始宁墅，诗人浮舟西南行，进入桐庐县境内美
丽如画的富春江。他在《富春渚》一诗中，真实记录了
"宵济渔浦潭，且及富春郭"的行程，在远望富春名胜定
山和赤亭山，并经过一处急流险滩后，产生了一种"宿

心渐申写,万事俱零落。怀抱既昭旷,外物徒龙蠖"的感悟。

然而这种感觉只是暂时的,当船行驶到富春江畔的七里濑时,诗人的心又被被迫远游为宦的孤苦占据了。七里濑在桐庐严陵山西,这里两岸高山耸立,水流湍急,旧有"有风七里,无风七十里"之谚,舟行极难。面对从清晨到傍晚眼前的种种景色,诗人的情绪复杂多变:他先是为途经奔流的江水而提心吊胆,接着又被沿岸满目秋景所触动,从而无法摆脱羁旅况味的浸染和对岁月流逝的慨叹。但他还是努力从遭物的变迁中寻求自安的妙悟,那就是坚定效法上古圣贤不以名利为怀的意愿,而完全不去理会后代人可能会对他无所作为产生的嘲笑。在这方面,入目可见的严子濑更使他浮想联翩:东汉名士严光虽与光武帝刘秀是同学,却坚隐不仕,垂钓富春江边,终老一生;传说中的任公,又曾"蹲乎会稽,投竿东海",钓起大鱼有惠百姓。他们这种风格和气度,不正可以引为异代之同调吗?诗人的心情,正如富春江水,在经历了一段大起大落的急速奔流后,至此终于又回复平静。

　　谢诗表面多写景，其实景中无不含情；而其跌荡起伏，正相表里。这首诗就是一个典型例子。

登 池 上 楼

　　潜虬媚幽姿①，飞鸿响远音②。薄霄愧云浮③，栖川怍渊沉④。进德智所拙⑤，退耕力不任。徇禄及穷海⑥，卧疴对空林⑦。衾枕昧节候⑧，褰开暂窥临⑨。倾耳聆波澜，举目眺岖嵚⑩。初景革绪风⑪，新阳改故阴。池塘生春草⑫，园柳变鸣禽。祁祁伤豳歌⑬，萋萋感楚吟⑭。索居易永久⑮，离群难处心。持操岂独古，无闷征在今⑯。

① 潜虬：藏伏的龙。媚：爱怜。幽姿：幽静的姿质。

② 鸿：大雁。

③ 薄霄：逼近云天。云浮：指飞雁翱翔云间。

④ 栖川：栖息水中。怍(zuò)：惭愧。渊沉：指潜龙沉于深渊。

⑤ 进德：用《易·乾卦·文言》"君子进德修业,欲及时也"之意。

⑥ 徇禄：获取俸禄,指做官。穷海：荒僻的海滨,指永嘉郡。

⑦ 痾(ē)：病。

⑧ 昧：不明。

⑨ 褰(qiān)开：揭起帷幕,打开门窗。窥临：临窗眺望。

⑩ 岖嵚(qīn)：山高峻貌。

⑪ 初景：春日朝阳。革：改变、替代。绪风：余风。语本《楚辞·九章·涉江》："欸秋冬之绪风。"

⑫ 池塘：池堤。二句诗人最自得,以为有如神助。

⑬ 祁祁：众多貌。豳(bīn)歌：指《诗·豳风·七月》"春日迟迟,采蘩祁祁"。豳,古地域名,在今陕西、甘肃一带。

⑭ 萋萋：草木繁盛貌。楚吟：指《楚辞·招隐士》"王孙游兮不归,春草生兮萋萋"。

⑮ 索居：与友人分手后独自居住。

⑯ 无闷：语本《易·乾卦·文言》"龙德而隐者,不易乎世,不成乎名,遁世无闷"。

　　谢灵运到达永嘉郡(今浙江温州)时大约在永初三年(422)秋冬。他的山水诗创作,由此进入了一生中的高峰期,不仅数量集中,而且意象深曲、锤炼谨严、森然中自有逸荡之气灌注的典型风格,也因此最终形成。

　　这首作于景平元年(423)春的《登池上楼》诗,便是其中时间较早而又极具代表性的一首。外放的忧郁和旅途的劳顿使灵运在到达永嘉后不久便生了一场大病,整个冬天几乎都卧床不起,直至春回大地,才痊愈起身,登楼赏景,写下这一千古传诵的名篇。诗的前六句托物起兴,感怀喻志。诗人一开始就化用《周易》"潜龙勿用"、"鸿渐奋飞"、"进德"及《尸子》"退耕"句意,和盘托出时时纠缠在心的进退失据的矛盾心理和复杂感情。接着四句纪实,说远仕僻地便卧病不起,直到节候变化才登楼临眺。新春赶走了残冬,也给病后的诗人捎去了久违的好心情。耳边传来阵阵海涛声,眼前是历历在目的秀丽山色,诗人的襟怀不由得豁然开朗,在自然景物的新旧交替中感受着一种难以言表的愉悦。这种人生快感既因山海远景而起,又由池园近景而聚。其中"池

塘"一联向为人称道,又有诗人梦见惠连而得的传说及
"有神助"的自负(钟嵘《诗品》引《谢氏家录》),其"猝
然与景相遇"、"非常情所能到"的特色,正与陶渊明的
名句"采菊东篱下,悠然见南山"相似,即所谓"此语之
工,正在无所用意,猝然与景相遇,借以成章,不假绳削
故非常情所能到"(叶梦得《石林诗话》)。在上述六句
描写远近景物,眼耳交错并用后,诗人又即景逼出怀人
之情,而歌《诗》吟《骚》的风致,也使古今离群索居的感
怀彼此激荡,融成一体。最后两句"卒章显志",表示自
己也能和古人一样,坚持隐逸的高尚情操。全诗以情入
理,又以画入诗,故能典雅浑成,清新醒目。

在此之前,诗人有《晚出西射堂》、《登永嘉绿嶂
山》、《游岭门山》、《郡东山望溟海》、《登上戍石鼓山》
等诗,风格、寓意均与此诗相近。

过 白 岸 亭

拂衣遵沙垣①,缓步入蓬屋②。近涧涓密

石③,远山映疏木。空翠难强名④,渔钓易为曲⑤。援萝聆青崖⑥,春心自相属⑦。交交止栩黄⑧,呦呦食苹鹿⑨。伤彼人百哀⑩,嘉尔承筐乐⑪。荣悴迭去来⑫,穷通成休戚⑬。未若长疏散,万事恒抱朴⑭。

① 拂衣:振衣,表示起身。遵:顺,沿。沙垣:沙石短墙,此指溪岸。

② 蓬屋:茅屋,指白岸亭。

③ 涓:细流。

④ 空翠:明朗青翠。难强名:《老子》有"吾不知其名,字之曰道,强名之曰大"之说,此将其与山景融合。

⑤ 易为曲:用《老子》"曲则全"之意,说垂钓者易于全身。

⑥ 援:牵攀。萝:女萝,藤本植物。聆:倾听。

⑦ 属:连通。

⑧ 交交:鸟鸣声。《诗·秦风·黄鸟》:"交交黄鸟,止于棘。"栩(xǔ):栎树。黄:指黄鸟。《诗·小雅·黄鸟》:"黄鸟黄鸟,无止于栩。"

⑨ 呦呦：鹿鸣声。苹：藾蒿。《诗·小雅·鹿鸣》："呦呦鹿鸣，食野之苹。"

⑩ 彼：指为秦穆公殉葬的秦国三良奄息、仲行和铖虎。人百哀：用《诗·秦风·黄鸟》"谁从穆公，子车奄息……如可赎公，人百其身"之意。

⑪ 尔：指当时权贵。承筐乐：语本《诗·小雅·鹿鸣》"吹笙鼓簧，承筐是将"，说接受天子赏赐（满筐物品）的快乐。

⑫ 荣悴：富贵困厄。

⑬ 穷通：困顿显达。休戚：喜忧。

⑭ 抱朴：保守本真。语本《老子》："见素抱朴，少私寡欲。"

　　白岸亭在离永嘉约八十里的楠溪西南，因岸有白沙而名。此诗即作于《宋书》本传所谓灵运到任后"肆意游遨，遍历诸县"期间。头两句开门见山，直接点出题意。接四句写亭周遭景色：近处小涧弯曲，涓流密石；远处山峦起伏，疏木映空。空翠因远山而起，渔钓承近涧而来，或紧接，或跨越，在整齐工丽的对景中时有巧针密线穿缀其间。以下援萝休息于青崖间，一"聆"字直贯交交黄鸟与呦呦鹿鸣,又以《诗经》中《黄鸟》与《鹿鸣》的"哀三良"、"燕群臣"之意,引出对荣悴和穷通的感叹,并以此见出"春心自相属"的内在意蕴。故前人称"'黄''鹿'借对尤妙,既富学术,又美才思"(方东树《昭昧詹言》卷五)。最后用《老子》"见素抱朴"作结,卒章见志,可谓一波三折,自然流转。

谢灵运的山水诗往往在对景物作形象生动的描写中,恰到好处地引入老庄玄理,并将它与诗情融合在一起,形成景、理、情三者相映成趣的格局。在这首诗中即有鲜明的体现。至于全诗多用偶句组合排比而不觉呆滞,则与当时骈文写作气韵内转、寓流丽于整饬的技巧已相当成熟有关。

游 南 亭

时竟夕澄霁①,云归日西驰。密林含余清,远峰隐半规②。久痗昏垫苦③,旅馆眺郊歧④。泽兰渐被径⑤,芙蓉始发池⑥。未厌青春好,已

睹朱明移⑦。戚戚感物叹⑧,星星白发垂⑨。药
饵情所止⑩,衰疾忽在斯。逝将候秋水⑪,息景
偃旧崖⑫。我志谁与亮⑬,赏心惟良知⑭。

① 时竟:此指春尽。澄:清澈。霁:雨止放晴。

② 半规:半圆,指落日。

③ 痗(mèi):病,厌恶。昏垫:语本《尚书·益稷》"洪水滔
天,浩浩怀山襄陵,下民昏垫",指多雨潮湿。

④ 郊歧:郊外的岔路。

⑤ 泽兰:皋兰。被:覆盖。

⑥ 芙蓉:荷花。以上二句分别化用《楚辞·招魂》"皋兰被径
兮斯路渐"、"芙蓉始发,杂芰荷些"语意。

⑦ 朱明:夏季。《尔雅·释天》:"夏为朱明。"

⑧ 戚戚:忧思貌。

⑨ 星星:白发散布貌。左思《白发赋》:"星星白发,生于
鬓垂。"

⑩ 药饵:语本《老子》"药与饵,过客止"。李善注:"饵药既
止,故有衰病。"

⑪ 逝:语词。

⑫ 息景：即息影，指隐居。偃：高卧。旧崖：故山。以上二句
用《庄子·秋水》"秋水时至，百川灌河。泾流之大，两涘
渚崖之间不辨牛马"之意。

⑬ 亮：见信。

⑭ 良知：知心好友。

据《太平寰宇记》载，南亭在永嘉城外一里。此诗
纪游，凡数句一转，层层推进，展转而深，历历可按。起
四句写春末夏初的一个傍晚，雨过天晴，密林中仍留着
清凉，远峰间落日已隐没了一半，景色格外澄净。次四
句追述因久雨心神苦闷，今日临眺郊野，见泽兰被径，芙
蓉发池，不觉已是初夏光景。由此点出"游南亭"题意。
次六句先用"未厌"和"已睹"前勾后联，突出景物变化、
节候转换的迅速倏忽；后以"戚戚"的内心感受和"星
星"的外在形貌相对印合，强调岁月流逝给人生带来的
困惑和悲哀；接着又补出衰老多病的无奈。最后四句，
说等秋来之日将归隐家园，与二三知己朝夕相处才是真
正的赏心乐事。

诗人赴任时途经家乡,曾以三年而归为约,而今至郡一年不到,已决意不再拖延,这充分说明史书所谓"出守既不得志"在他内心产生了无法排解的幽愤。而这种幽愤不仅表露于他到任后的不理郡事、恣游山水,而且也深藏在他足迹所到处写下的一系列诗作中。因此从某种程度上说,谢灵运的山水诗又不仅仅是单纯的山水诗,而是个人命运与自然景物相互感染、彼此渗透的感怀诗。这对后代山水诗的发展具有极其深远的影响。

游赤石进帆海

首夏犹清和①,芳草亦未歇。水宿淹晨暮②,阴霞屡兴没。周览倦瀛堧③,况乃陵穷发④。川后时安流⑤,天吴静不发⑥。扬帆采石华⑦,挂席拾海月⑧。溟涨无端倪⑨,虚舟有超越⑩。仲连轻齐组⑪,子牟眷魏阙⑫。矜名道不足,适己物可忽。请附任公言⑬,终然谢天伐⑭。

① 首夏：初夏。

② 水宿：指在船上生活。淹：久留。

③ 周：遍。瀛堧(yíng ruán)：海边。

④ 陵：经过。穷发：此指航程极远。《庄子·逍遥游》："穷发之北，有溟海者，天池也。"

⑤ 川后：传说中的波神。

⑥ 天吴：传说中的水伯。

⑦ 石华：海产品，附于崖石，肉可食。

⑧ 挂席：指张帆。海月：海产品，白色正圆，可食。

⑨ 溟涨：溟海与涨海。端倪：边际。

⑩ 虚舟：轻舟。

⑪ 仲连：战国时齐人鲁仲连，助田单复齐有功却不受赏，隐迹海上。齐组：指齐国封爵。组，系印绸带。

⑫ 子牟：公子牟。《庄子·让王》："公子牟谓詹子曰：'身在江海之上，心居魏阙之下，奈何？'"魏阙：古代宫门外悬布法令的楼观，用作朝廷的代称。

⑬ 任公言：指《庄子·山木》记任公教孔子"直木先伐，甘泉先竭"等一番话。

⑭ 谢：辞避。天伐：不尽天年而亡。

在游了南亭之后，诗人又坐上小船，从水路来到永嘉郡南永宁（今浙江永嘉）和安固（今浙江瑞安）二县之间、离郡城约数十里的赤石，然后又兴致勃勃地扬帆出海，畅游今帆游山（在安固县北）一带海域。这首纪游诗，先从初夏天气、景物落笔，点明作时紧接前首。接着"水宿"四句，一面说连日水行，周览海岸，虽有云霞兴灭的奇景可观，但朝夕相替，已感厌倦，以略写带过"游赤石"；一面则用"况乃"转折，引出"进帆海"之绪。尽管起初情绪不佳，然而帆一入海，诗人完全被展现在眼前的大海浩瀚无边和奇丽瑰异所震慑：不仅风和日丽的海面显得异常平静，似乎是在特意迎接他的到来，而且丰富多彩、形态各异的海洋生物任凭他取拾，连那漫无边际的苍茫也使他顿生乘槎仙去之感。面对出涯涘而观大海所产生的兴奋和刺激，诗人不禁想起了两个有着同样的泛海经历的古人——鲁仲连和公子牟。其中一个因助齐却燕功成身退，由"轻世肆志"而抛弃外物；另一个则形神不一，不能忘却名利而于道有亏。两者相比，诗人还是在无所不容的大海的启发下，理智地记起了任公当时对孔子所作的教训,他也要用"直木先伐,甘泉先竭"来作为自己的人生警示。诗至此,海之景、游之情与人生处世的哲理已浑然一体,内容的充实和辞藻的华丽也完美地结合在一起,并且相得益彰,自然清新。

可惜诗人的这种感悟,只在他的一生中维持了一个不长的阶段,最终还是应验了任公的话,不幸做了被先伐先竭的直木甘泉。不过那是后话了。

登江中孤屿

江南倦历览,江北旷周旋。怀新道转迥①,寻异景不延②。乱流趋正绝③,孤屿媚中川④。云日相辉映,空水共澄鲜。表灵物莫赏⑤,蕴真谁为传⑥? 想象昆山姿⑦,缅邈区中缘⑧。始信安期术⑨,得尽养生年⑩。

① 怀新:指盼望发现新景。迥:远。

② 景：日光。

③ 乱流：指横江而渡。趋：疾驶。正绝：正面越过。

④ 孤屿：孤屿山，在浙江温州瓯江中流。

⑤ 表灵：呈显灵秀。物：此指世人。

⑥ 蕴真：隐藏神仙。真，真人。

⑦ 昆山：昆仑山简称，传说中神仙在地上的住处。

⑧ 缅邈：遥远。区中：指人世。语本司马相如《大人赋》："迫区中之隘陋兮。"缘：尘缘。

⑨ 安期术：即长生不老之术。安期，安期生，传说中享年千岁的仙人。

⑩ 养生年：语本《庄子·养生主》郭象注："养生非求过分，盖全理尽年而已。"

　　诗人的永嘉之游，与其说是因其性好山水使然，不如说是借自然景物排解被贬的幽愤而不得不然。其情形与以后柳宗元的柳州之游正相仿佛。因此在游遍永嘉江南北诸景后，他既有厌倦之感，又不失继续求新寻异之兴。这首诗的前四句，即真实地记录了这种心情。其中路远、时短反衬出心情的迫切。因此当他在

离温州南四十里的永嘉江中发现了一个长三百丈、阔
七十步的孤屿时,不觉眼前一亮,那耸立江中的孤屿
景色秀媚,尤其是在白云阳光的辉映和天水一色的衬
托下,显得那么鲜丽奇特,简直让人怀疑那就是传说
中远离人世的昆仑仙境。于是诗人不禁由衷地感叹:
原来安期生尽养天年的长生不老之术,是可以在这里
修养得到的!"想象"以下四句,与《楚辞章句》收无
名氏《远游》同义。诗中情、景、理奔凑而来,真是妙不
可言。

清人方东树曾说:"自病起登池上楼,遂游南亭,继
之以赤石帆海,又继之以登江中孤屿,皆一时渐历之境。
故此数诗,必合诵之,乃见其一时情事及语言之次第。"
(《昭昧詹言》)而这些纪游之作,又形成了谢灵运山水
诗"名章迥句,处处间起;丽典新声,络绎奔会"(钟嵘
《诗品》)的典型风格。另外他的这种借所贬之地山水
景物来抒写内心幽愤的系列组合,既有上承屈原《楚
辞》之作的印迹,同时又有下启柳宗元作《永州八记》的
先导作用,其意义不容低估。

初 去 郡

彭薛裁知耻①,贡公未遗荣②。或可优贪竞,岂足称达生③。伊余秉微尚④,拙讷谢浮名。庐园当栖岩⑤,卑位代躬耕⑥。顾己虽自许,心迹犹未并⑦。无庸方周任⑧,有疾像长卿⑨。毕娶类尚子⑩,薄游似邴生⑪。恭承古人意,促装返柴荆⑫。牵丝及元兴⑬,解龟在景平⑭。负心二十载,于今废将迎⑮。理棹遄还期⑯,遵渚骛修坰⑰。溯溪终水涉⑱,登岭始山行。野旷沙岸净,天高秋月明。憩石挹飞泉⑲,攀林搴落英⑳。战胜臞者肥㉑,鉴止流归停㉒。即是羲唐化㉓,获我击壤情㉔。

----

① 彭:彭宣,汉代研究《周易》的学者,官至大司空。王莽时
上书求归乡里。薛:薛广德,汉代"鲁诗"专家,官至御史
大夫,后辞官回乡,不再出仕。裁:通"才"。

② 贡公：贡禹，汉人，与王阳友善，见其被用而喜。未遗荣：
没有忘记荣华富贵。

③ 达生：通达人生，为道家对生命的认识理论。

④ 伊：语助。秉：执持。微尚：隐遁的志趣。

⑤ 栖岩：指古代巢居穴处。

⑥ 卑位：谦指所袭康乐公。

⑦ 心：心愿，指隐居。迹：行迹，指做官。

⑧ 无庸：没有功绩。周任：春秋时周大夫，言行为孔子所称。

⑨ 长卿：汉代司马相如，字长卿，常托病不朝。

⑩ 尚子：尚长，东汉隐士，为儿女办完婚嫁，即隐迹山林。

⑪ 薄游：指做小官。邴生：西汉邴曼容，只做小官，颇能知足
常乐。

⑫ 促装：收拾行李。柴荆：指简陋的村舍。

⑬ 牵丝：指初仕。元兴：东晋安帝年号（402—404）。

⑭ 解龟：即去官。龟，龟纽。官印印鼻刻有龟形，下有穿丝条
的孔眼。景平：宋少帝年号（423—424）。

⑮ 废将迎：指省去官场送往迎来的繁琐礼节。

⑯ 理棹：准备船只。遄（chuán）：急忙。

⑰ 遵渚：沿着江中小洲。骛（wù）：疾驰而过。修埛（jiōng）：

绵长的原野。

⑱ 溯溪：沿溪逆流而上。

⑲ 挹：双手合捧取水。

⑳ 搴：拉动。落英：落花。

㉑ 臞(qú)者肥：《文选》李善注引《韩子》："子夏曰：'吾入见先王之义则荣之，出见富贵又荣之，二者战于胸臆，故曰臞。今见先王之义战胜，故肥也。'"

㉒ 鉴：镜子，此作动词，犹临照。止：止水。流归停：指流水终归静止。《文选》李善注引《文子》："莫监于流潦而监于止水，以其保心而不外荡也。"

㉓ 羲：伏羲氏。唐：唐尧。

㉔ 击壤：古《击壤歌》："吾日出而作，日入而息。凿井而饮，耕田而食，帝力于我何有哉！"

　　从诗人到永嘉任后所写的一系列诗来看，是继续留守还是及时归隐，始终是缠绕在他心头挥之不去的一对现实矛盾。这年，即景平元年（423）秋，也就是他到任一年后，他终于作出了称病离职的决定。在此之前，他的堂弟谢晦等人曾多次来信劝他不要这样，可是他经过反复考虑后执意归隐，于是便写了这首诗自明心迹。

　　诗的前十句自述隐居之志。在他看来，汉代有隐逸之名的彭宣、薛广德的激流勇退是"知耻近乎勇"的表现，贡禹却还没有抛弃名利，这些人只是相对那些贪竞之徒来说较优秀而已，并不知道退身养生的道理。就己而言，尽管早存看轻名利的归隐之意，却因长期受到世事的磕绊而未能心想事成。这里既表明归隐是出于"达生"的考虑，同时又对以往的生活作了一个总结。中间十句写去职，同样先列举周任、长卿、尚子和邴生四个古人，认为他们"无庸"、"有病"、"毕娶"和"薄游"的行径正与己相似，因此不能再犹豫，得赶紧卷铺盖回家了。而此前自己违背本意已近二十年，现在终于可以免去官场迎送的繁文缛节了，诗人如释重负般的欣喜之情已溢于言表。"理棹"至末，则是去郡途中的所见所感。先是坐船走水路，眼看原野不断往后退去，不觉其快而只觉其慢；接着舍舟登陆，昼夜兼程，或临流小憩喝口泉水，或攀援林木牵动落花。迫切之情、愉悦之意，呼之欲出。而战胜贪欲使癯者肥、借鉴止水得归宁静的议论，又使这种情意升华为上古初民的理想境界，由此更凸现了诗人追求个性自由、不与统治者合作的人生取向。

前人评谢诗，有"把定一题、一人、一事、一物，于其上求形模，求比拟，求词采，求故实，如钝斧子劈栎柞，皮屑纷霏，何尝动得一丝纹理？以意为主，势次之，势者，意中之神理也，唯谢康乐为能。取势宛转屈伸，以求尽其意，意已尽则止，殆无剩语"（王夫之《夕堂永日绪论内编》）之说，此诗即是显例。

与陶渊明辞官时所写《归去来兮辞》相比，谢诗同样具有脱去羁绊后的快意；不过两者的立意和归宿又不尽一致，这与两人所处的境况和秉持的性情迥然有异不无关系。

石壁精舍还湖中作

昏旦变气候，山水含清晖。清晖能娱人，游子憺忘归①。出谷日尚早，入舟阳已微。林壑敛暝色，云霞收夕霏②。芰荷迭映蔚③，蒲稗相因依④。披拂趋南径⑤，愉悦偃东扉⑥。虑澹

物自轻⑦，意惬理无违⑧。寄言摄生客⑨，试用
此道推。

① 憺：安然。语本《楚辞·九歌·东君》"观者憺兮忘归"。

② 夕霏：傍晚的云气。

③ 芰(jì)：四角菱。映蔚：映照集聚。

④ 蒲：菖蒲。稗：稗草。因依：缠绕相依。

⑤ 披拂：指拨开草木。

⑥ 偃：歇息。扉：门。

⑦ 虑澹：思虑恬淡。物：与"我"相对的客观事物。

⑧ 理：指自然规律。

⑨ 摄生：养生。

在逃避现实的思想支配下，谢灵运于景平元年
(423)秋回到了始宁老家，过起了他拟想中的"庐园当
栖岩，卑位代躬耕"（见前诗）的隐居生活。由祖父谢玄
一手经营起来的始宁墅位于始宁县境，左傍太康湖，右
滨浦阳江，其间既有平原山区，又有河流湖沼。灵运归

隐后即在旧有南山建制的基础上悉心营造北山居宅,使之"傍山带江,尽幽居之美"。关于这一切,他都在著名的《山居赋》中作了详尽的描叙。然而就在诗人回到始宁的第二年,朝中发生了一连串变化:先是他曾寄予厚望的刘义真被杀,接着又是少帝刘义符被杀,在权臣徐羡之、傅亮等人的控制下,迎立刘义隆(即文帝),改元元嘉。这种局势的出现,更使谢灵运打消了做官的念头,与雅士王弘之、孔淳之,名僧僧镜、昙隆、法流等人作赋吟诗,谈玄说理,有终焉之志。这一时期诗人的诗作只要一传到京师,就会在那里引起竞写遍诵的哄动。

　　这首诗,便是诗人从始宁墅附近的石壁精舍(讲经之所)返回巫湖(连接南北二山)时作。诗由石壁山水朝晖夕阴的宜人景色入手,在纵游娱人、留连忘归中涵括从山行到泛舟的行程;然后写船内所见岸上和湖中渐为暮色笼罩,林壑的深幽与荷蒲的柔靡现出日光敛隐和微风吹拂;"披拂"二句又写出舍舟登岸,回到东轩的愉悦;最后就景情两适生发议论,把对自然景物的这种悠然自得,升华为对人生真谛的灵通妙悟,从而使全诗因此回荡流转着一股恬逸的生气,令人眼清心静,洗净一切凡尘俗虑。所以前人曾称其诗"舒情缀景,畅达理旨,三者兼长,洵堪睥睨一世"(黄子云《野鸿诗的》),又说"此诗兴象全得画意,后惟杜公有之"(方东树《昭昧詹言》卷五)。谢灵运后来被誉为"元嘉之雄",正由此种奠基。

这一时期诗人还作有《田南树园激流植援》《石门新营所住四面高山回溪石濑茂林修竹》《南楼中望所迟客》等诗,并可参阅。

石门岩上宿

朝搴苑中兰①,畏彼霜下歇②。暝还云际宿,弄此石上月。鸟鸣识夜栖,木落知风发。异音同致听,殊响俱清越。妙物莫为赏③,芳醑谁与伐④? 美人竟不来⑤,阳阿徒晞发⑥。

① 搴:摘取。语本《楚辞·离骚》:"朝搴阰之木兰兮。"

② 歇：指凋落。

③ 妙物：指上言景物。莫为赏：无人共赏。

④ 芳醑(xǔ)：芬芳的美酒。伐：称美。

⑤ 美人：所思佳人，指知己。

⑥ 阳阿：古代神话中的山名，为太阳初出时所经之处。晞发：
晒干头发。二句用《楚辞·九歌·少司命》"与女沐兮咸
池，晞女发兮阳之阿。望美人兮未来，临风怳兮浩歌"
之意。

元嘉六年(429)，诗人再次被召入京任秘书监、侍
中，又再次被劾免官后回到会稽。前此，他在元嘉三年
(426)入京途中作有《过庐陵王墓下作》，四年从文帝游
北固山作有《从游京口北固应诏》等诗。由于重回始
宁，又无官一身轻，更无拘束。于是便和族弟惠连、何长
瑜、荀雍、羊璿之等人一起，"以文章赏会共为山泽之
游"(《宋书》本传)，并写下了一连串山水诗佳作。这首
诗便是其中之一。

石门在今浙江嵊州崟山南，谢灵运在最初归居始宁

时就在这里营建了新的别墅。他在《游名山志》中曾记叙那里的地貌："石门涧六处,石门溯水上入两山口,两边山壁,右边石岩,下临涧水。"诗中所写,就是夜宿石门岩的情景和感受。诗人一早就来到了石门这处风景优美的地方,摘采兰花而怕它被晚霜打落,言语中自含及时珍惜之意。这两句不说暮宿而说晨游,落笔舒缓,由旁引入。接着以"暝还"点醒夜宿,月光如水,投映石上,惹人戏弄。月下鸟鸣木落,其声出自天籁,全由耳听来,由心感受,正是夜色深沉寂静的反观衬托;而这种"异音"和"殊响",不假矫饰,出自天然,同样清越动听,又妙含《庄子·齐物论》的神韵。这也使人由此联想到左思《招隐》诗中的名句:"何必丝与竹,山水有清音。"面对如此良辰美景,诗人不禁叹息妙物无人共赏,美酒无人同称,心中一片高情雅意,竟只能独守孤怀,怎能不让人感慨系之?诗语短意长,幽怨自深。

诗人这时同类之作,尚有《登石门最高顶》、《于南山往北山经湖中瞻眺》等诗。

于南山往北山经湖中瞻眺

　　朝旦发阳崖①,景落憩阴峰②。舍舟眺迥
渚③,停策倚茂松④。侧径既窈窕⑤,环洲亦玲
珑⑥。俯视乔木杪⑦,仰聆大壑淙⑧。石横水分
流,林密蹊绝踪。解作竟何感⑨,升长皆丰
容⑩。初篁苞绿箨⑪,新蒲含紫茸⑫。海鸥戏春
岸,天鸡弄和风⑬。抚化心无厌⑭,览物眷弥
重⑮。不惜去人远⑯,但恨莫与同。孤游非情
叹,赏废理谁通⑰。

① 阳崖:指南山。山南曰阳,故称。

② 景:日光。阴峰:指北山。山北曰阴,故称。

③ 迥渚:远处小洲。

④ 策:手杖。

⑤ 侧径:傍山小路。窈窕:幽深貌。

⑥ 环洲:圆形岛屿。即诗人《山居赋》自注所谓“大小巫湖,
中隔一山”。玲珑:青翠空明貌。

⑦ 杪：树梢。

⑧ 壑：深谷。淙：流水声。

⑨ 解作：语本《周易·解卦·象传》："天地解而雷雨作，雷雨作而百果草木皆甲坼。"意谓春来万物复苏。

⑩ 升长：即生长。语本《周易·升卦·象传》："地中生木，升。"丰容：草木繁盛。

⑪ 初篁：新竹。苞绿箨（tuò）：包着绿色的笋壳。

⑫ 蒲：水草。紫茸：毛茸茸的紫色花朵。

⑬ 天鸡：指野鸡。

⑭ 抚化：用《庄子》郭象注"圣人游于变化之涂，放于日新之流，万物万化，亦与之万化"之意。

⑮ 眷：顾念。弥重：更加深切。

⑯ 去人远：指远离喧闹的尘世。

⑰ 孤游二句：意谓一人独游还不可叹，真正可叹的是世人不知游赏的真谛妙趣。

始宁墅是诗人祖上于晋室南渡后在浙江始宁县一手开辟创建的基业。它占地很广，大致框架由南山和北山两大部分组成，两山之间有大小巫湖相连。这里山青水秀,风景十分优美。这首诗以游记的笔致为题,写出从南山出发前往北山朝发夕至的沿途所见所感,在结构技巧上与同期之作《登石门最高顶》如出一辙,即由纪行切入,继以写景,最后归于情理的抒发。

诗中前四句写明出游的地点、时间和行程,缴足题面"于南山往北山经湖中"九字。后十二句便从"瞻眺"两字落笔,将沿途所见的山路、环洲、草木、水流、禽鸟等一一揽入。其中既有远景的纵深拓展、视听的俯仰变化,同时又有近物的细致刻画、动静的相互映衬。整个画面移步换景,层次丰富,色彩鲜明。尤其是"择易卦入诗"(《文选集评》)和对"初篁"、"新蒲"及"海鸥"、"天鸡"的近物特写,都给人以春天生气蓬勃的新鲜感。在这些表面纯粹的景语中,实际已隐含了诗人对万物生长的无限欣喜之情,只是暂未直露而已。"抚化"以下六句,即从"瞻眺"所见中自然引出所感。尽管这部分常被后人讥为"玄言尾巴",但它对深化诗意却起了十分重要的作用。

诗人在此不仅触景生情、由情入理,而且突出表现了自己超凡脱俗的情怀和孤高傲岸的个性,从而加深了作品的思想内涵,提升了山水诗的观赏品位。唐代大诗人就从中悟出了他的这种创作玄机。如杜甫《岳麓山道林二寺行》说:"久为谢客寻幽愤,细学周颙免兴孤。一重一掩吾肺腑,山鸟山花皆友于。"白居易《读谢灵运诗》也说(谢诗)"大必笼山海,细不遗草树。岂惟玩景物,亦欲摅心素。往往即事中,未能忘兴谕。因知康乐作,不独在章句"。可见对于谢灵运山水诗的体会,是不能仅停留在他表面写景的清辞丽句上的,而要深入就里,细加品味,才能有所感悟,探知其中的奥妙。前人称"此诗精魄之厚、脉缕之密,精深华妙,元气充溢,如精金美玉,光气烂然。柳记谢诗,造化机缄在手,独有千古,虽杜、韩无以过之"(方东树《昭昧詹言》卷五)。

从斤竹涧越岭溪行

　　猿鸣诚知曙,谷幽光未显。岩下云方合,花上露犹泫①。逶迤傍隈隩②,迢递陟陉岘③。

过涧既厉急④,登栈亦陵缅⑤。川渚屡径复⑥,
乘流玩回转。蘋萍泛沉深⑦,菰蒲冒清浅⑧。
企石挹飞泉⑨,攀林摘叶卷。想见山阿人⑩,薜
萝若在眼⑪。握兰勤徒结⑫,折麻心莫展⑬。情
用赏为美,事昧竟谁辨⑭。观此遗物虑,一悟得
所遣⑮。

① 泫(xuàn):水珠晶莹流转貌。

② 逶迤:山路蜿蜒漫长貌。隈隩(wēi yù):山水弯曲处。

③ 迢递:高峻绵远貌。陟:登。陉:山脉中断处。岘(xiàn):
山岭。

④ 厉急:涉过急流

⑤ 栈:栈道,依山岩绝壁修筑的架木通道。陵:攀升。缅:
至远。

⑥ 渚:水中小洲。径复:弯曲回环。

⑦ 蘋萍:大小浮萍,飘浮水面。

⑧ 菰蒲:两种水草。菰俗称茭白。

⑨ 企:踮起脚跟。挹:合手取水。

⑩ 山阿：山角。

⑪ 薜萝：薜荔、女萝。二句用《楚辞·九歌·山鬼》"若有人
　兮山之阿,被薜荔兮带女萝"之意。

⑫ 握兰：满把香兰。

⑬ 折麻：摘采疏麻花。疏麻为南方植物,高大花香。二句用
　《楚辞·九歌·大司命》"折疏麻兮瑶华,将以遗兮离居"
　之意。

⑭ 事：指《九歌》所写山鬼的传说。

⑮ 所遣：指《庄子》郭象注所谓"将大不类,莫若无心;既遣是
　非,又遣其遣。遣之又遣之,以至于无遣,然后无遣无不
　遣,而是非自去矣"之意。

　　这首诗与前首约作于同年,是灵运这一时期所作山
水诗的代表作之一。诗题中的"斤竹涧"当在今浙江绍
兴东南斤竹岭附近,去浦阳江约十里。

　　诗略由两大部分组成。第一部分十二句,以记行写
景缴足题意。其中前四句先交代动身启程的时间是在
清晨,猿鸣报晓,晨光未显,朝云才合,花露犹圆,空气清
新,景物澄净。中四句接着记叙沿山路曲折前行,翻越

丛岭,度过山涧,登高临深,移步换景。后四句则描写
"溪行",弯曲的水流,回环的溪路,使诗人只能根据飘
浮的蘋萍和直立的菰蒲来推测水的深浅。第二部分十
句,用山行的想象和感悟来充实全诗。前人诠解此诗,
有的把"企石"两句联上,谓写诗人沿途酌泉摘叶;有的
则属下,说系写想象中"山阿人"的举止,属倒装。细味
诗意,我比较倾向于后者。因为如此理解,可使诗的意
境更加生动充实,使《九歌·山鬼》中"若有人兮山之
阿,被薜荔兮带女萝"的形象更有动感。而以下"握兰"
两句,则可视为由想象落入现实的转折,尽管诗人心存
"握兰"、"折麻"相赠的美意,实际上却无法实现。这
样,就自然得出最后四句的感悟:人情可因观赏景物而
获得美感,即使传说中的事已无法证实;然而眼前所见
已足以排除因外物而生的忧虑,又何况只要对此一有领
悟,便可无所不遣。

　　全诗就记行、写景、想象、领悟层层写来,次序井然,
结构严整,从中颇可见出《西京杂记》记司马相如所言
的赋家之迹与赋家之心,是谢灵运诗成功借鉴辞赋创作

经验的典范作品。他这一时期创作的《石室山》、《初往新安桐庐口》、《发归濑三瀑布望两溪》、《登临海峤初发疆中作与从弟惠连见羊何共和之》等诗，都有这一特点。这标志着谢灵运的山水诗从最初的出守永嘉至此，已完全形成了自己足以享誉当时和影响后代的独特风格。

三、最后的岁月

　　元嘉七年(430)的一个夜晚,已被免职的谢灵运忽然急匆匆地赶赴京城,与四年前被召入京迟迟不应形成了鲜明的对比。这究竟是为了什么?

　　原来,谢灵运在当时作为士族人士的代表、八百檀越的领袖和文坛举足轻重的人物,他的一言一行无不受到刘宋王朝的密切注视。刘义隆的召他入京,已是一次试探;不料他在免官归居后仍我行我素,放浪形迹,不断有一些不安分的消息传到朝廷。他先是带数百人开山辟路,直到临海地界,使太守王琇以为是山贼而吓了一大跳。接着又因索要回踵、岇嵑两湖与会稽太守孟顗结仇,并在一次宴饮后脱光衣服大喊大叫,受到孟顗派人干涉时出口大骂,于是被孟颛参了一本,说他"横恣,百姓惊扰",有"异志"。在这种严峻的形势下,一向以高傲著称的诗人不得不放下平日的架子,用自动投案的办法赴京自辩。

所幸的是这次宋文帝对此未加严究,只以"见诬"两字销案了结,顺便把他留在京城,也有监管的意思。这样又使诗人获得了与慧严同修《大般涅盘经》昙无谶译本的机会。然而时隔不久,到了第二年的春天,他又被任命为临川(今属江西)内史。这次外放,与前次为官永嘉与故乡邻近不同,是前往远离家乡的江西,这使他预感前程茫茫,有如屈原的怀才被贬。而命运之手,也确实把他逼上了一去无回的绝路。

诗人再次离京,很想乘机再作一次快游。事实上他在赴任途中,经山历水,也留下一些佳作。可是到任后,他故态复萌,"在郡游放,不异永嘉",这就使朝廷原先已绷紧的神经更加紧张起来。他在被监察官以不恤民事弹劾后,又被司徒刘义恭以莫须有的罪名派人前来逮捕。这时谢灵运情急中竟不顾一切反将来人扣下,兴兵与朝廷对抗。这个自不量力的拒捕行动,很快招致廷尉有关"灵运率部众反叛,论正斩刑"的判决。好在文帝为示宽大,念其祖父谢玄的功绩而降死一等,徙付广州监管。

大约在元嘉九年(432),诗人带着家小,经庐江,出彭蠡,过大庾岭,远赴广州。途中,他写了《岭表赋》;到了广州,又作《感时赋》。这时他已充分预感到真正的不幸正在一步步向他逼近。果然不久,主张杀掉灵运以除后患的刘义康布置了一个让人招供与灵运合谋反叛的圈套,文帝得了这样的把柄,便不再迟疑,下令将诗人在广州行弃市刑。一代学人才士,就这样血染黄土,结束了他年仅四十九岁的生命。

初 发 石 首 城

白珪尚可磨①,斯言易为缁②。虽抱中孚爻③,犹劳贝锦诗④。寸心若不亮⑤,微命察如丝。日月垂光景⑥,成贷遂兼兹⑦。出宿薄京畿⑧,晨装拕曾飔⑨。重经平生别,再与朋知辞。故山日已远,风波岂还时。苕苕万里帆⑩,茫茫终何之⑪?游当罗浮行⑫,息必庐霍期⑬。越海陵三山⑭,游湘历九嶷⑮。钦圣若旦暮⑯,怀贤亦凄其⑰。皎皎明发心⑱,不为岁寒欺⑲。

① 珪:同圭,瑞玉。尚可磨:指玉有污点还可磨去。

② 斯言:指孟颛上表,说他有"异志"。缁:黑色。二句合用《诗·大雅·抑》"白圭之玷,尚可磨也;斯言之玷,不可为也"及《论语·阳货》"不曰白乎,涅而不缁"之意。

③ 中孚:《易》卦名。爻(yáo):爻辞。此用《易·中孚·彖传》"中孚以利贞,乃应乎天也"之意。

④ 贝锦:绣有贝类花纹的丝织品,语本《诗·小雅·巷伯》,形容进谗者罗织罪名。

⑤ 不亮:不被了解。

⑥ 日月:喻指宋文帝。

⑦ 成贷:用《老子》"夫唯道,善贷且成"意,谓有幸保全性命。兹:此,指临川内史之任。

⑧ 出宿：出游在外。薄：至。京畿：京城附近。

⑨ 抟：凭借。曾飚：疾风。

⑩ 苕苕：即迢迢，遥远貌。

⑪ 茫茫句：用《庄子·天下》"芒乎何之，忽乎何适"之意。

⑫ 罗浮：罗浮山，在今广东博罗。

⑬ 庐：庐山，在今江西九江南。霍：霍山，又名天柱山，在今安徽霍山县南。

⑭ 陵：登。三山：传说中海上蓬莱、方丈、瀛洲三座仙山。

⑮ 湘：湘江，在湖南。九嶷：九嶷山，在湖南宁远境。

⑯ 钦：仰慕。圣：指虞舜。旦暮：用《庄子·齐物论》"万代之后而一遇大圣，知其解者，是旦暮遇之也"之意。

⑰ 贤：指屈原。凄其：凄凉。

⑱ 皎皎：光明磊落貌。明发心：出发时的心迹。

⑲ 不为句：说情志坚贞如松柏历岁寒而不凋。

　　刚刚躲过了一场杀身灭族之祸，诗人在永嘉八年（431）春离开石首城（即石头城，刘宋京城，故址在今南京西南）赴江西任职时，惊魂未定，还心有余悸。这首诗的前八句，即化用《诗经》、《论语》、《周易》和《老子》

中的有关语句,委婉曲折地表露了这种忧谗畏讥、暂脱危难的复杂心态。对会稽太守孟颚的谗言,诗人心怀愤恨,但又无可奈何,有口难辩,以至于被逼到了命如悬丝的地步。所幸的是文帝没有听信小人罗织的罪名,不仅赦免他一死,而且还派他出任临川内史。从这段担忧和庆幸交织的表白来看,诗人的心地毕竟是单纯和善良的,至少他在当时还似乎未能真正认识到官场仕途和政治人心的无比凶险。从后来事态的发展来看,文帝的这一举措,只是一种欲擒故纵的手段,他对晋代重臣后代的一举一动,是不可能不严加防范的。

"出宿"以下八句写初发场景。诗人在京郊过了一夜后,清晨就整装启程,与前来相送的亲友告别。在同样的地点,诗人在十年前即永初三年(422)也有一次同样的告别,但那时只是一次官场失意的普通外放,所去之处又是故乡附近的永嘉;而这次却是大难不死后的侥幸获赦,不仅"寸心若不亮,微命察如丝",而且"故山日已远,风波岂还时",连命都险些丢掉,更不用说再回故乡了。前途茫茫,生死难料。但诗人并不就此萎靡,他还有幻想,他还有追求。"游当"以下八句,即充分展开想象,他要乘此机会,游历南方的罗浮、庐山、霍山、海上三山、湘江乃至九嶷,追随古代圣贤的足迹,景仰他们的品格。这就充分显示出尽管身处逆境,但诗人决不向权贵屈服的倔强个性。他要向世人明明白白地表示,他追慕圣贤的决心,将像不被岁月严寒侵逼的松柏那样坚贞。

全诗交代事因、记述行程、抒写感受层层推进,既井然有秩又浑然一体,而表述时的熔铸经典、含英咀华,也完全体现出灵运诗"兴会标举"的典型特色。

道 路 忆 山 中

采菱调易急①,江南歌不缓②。楚人心昔绝③,越客肠今断④。断绝虽殊念⑤,俱为归虑款⑥。存乡尔思积⑦,忆山我愤懑⑧!追寻栖息时⑨,偃卧任纵诞⑩。得性非外求⑪,自已为谁纂⑫?不怨秋夕长,常苦夏日短。濯流激浮湍⑬,息阴倚密竿⑭。怀故叵新欢⑮,含悲忘春暖。凄凄明月吹⑯,恻恻广陵散⑰。殷勤诉危柱⑱,慷慨命促管⑲。

① 采菱调:楚地民歌。《楚辞·招魂》:"涉江采菱,发扬荷些。"

② 江南歌:流行于江南的歌曲。同时又指《招魂》"湛湛江水兮上有枫,目极千里兮伤春心,魂兮归来哀江南"之意。

③ 楚人:指被流放的楚大夫屈原。

④ 越客:诗人自称。灵运原籍陈郡,父祖并葬始宁县(今浙江上虞),因以会稽为籍,故称。

⑤ 殊念:指与屈原伤感的原因不同。

⑥ 归虑:即归思。款:扣动。

⑦ 存乡:怀念家乡。尔:指屈原。

⑧ 忆山:追思东山故宅始宁墅。

⑨ 栖息时:指托病隐居始宁墅时。

⑩ 偃卧:指起居出处。纵诞:恣情任性,毫无拘束。

⑪ 得性:顺应本性。

⑫ 自已:取足自止。两句意本《庄子·齐物论》"夫吹万不

同,而使其自已也,咸其自取,怒者其谁邪"及司马彪注
"已,止也,使各得其性而止也"。篡,通"纂",求取。

⑬ 濯流：临流洗涤。

⑭ 竿：指竹。

⑮ 叵：不可。

⑯ 明月吹：笛曲名。

⑰ 广陵散：琴曲名。相传为晋名士嵇康所擅,临刑前弹奏,后
即绝传。

⑱ 危柱：直立的琴柱。

⑲ 促管：指短笛。

　　这首作于元嘉九年(432)春离京赶赴贬地临川途
中的诗,已明白无误地表露出诗人对自己处境的强烈不
满。他的偏激性格受到了再次被逐出京城的刺激,变得
异常敏感,以致一路上听到的那些楚地民歌,都使他不
由自主地想起怀忠被谗、有家难归的凄惨遭遇。于是对
往日隐居家乡时闲适生活的追思,便成了旅途中卸之不
去、越背越重的思想负担。他深知从此以后,再也没有

新欢可言,连春暖也在悲哀中被淡忘了。这种思乡的情结是那样的深沉难解,即使有再美妙的琴笛,也无法使之得到片时的缓释。

诗人的这种心态,直接导致了他日后对朝廷收捕的抗拒;同时也使我们从中隐约听到了李斯临刑前,"复牵黄犬,俱出上蔡东门逐狡兔,岂可得乎"(《史记·李斯列传》),以及陆机临终时"欲闻华亭鹤唳,可复得乎"(《世说新语·尤悔》)的绝望叹息。

入彭蠡湖口

客游倦水宿①,风潮难具论。洲岛骤回合②,圻岸屡崩奔③。乘月听哀狖④,浥露馥芳荪⑤。春晚绿野秀,岩高白云屯⑥。千念集日夜,万感盈朝昏。攀崖照石镜⑦,牵叶入松门⑧。三江事多往⑨,九派理空存⑩。灵物吝珍怪⑪,异人秘精魂⑫。金膏灭明光⑬,水碧缀流温⑭。徒作千里曲⑮,弦绝念弥敦⑯。

① 水宿:寄居舟船。

② 骤:急速。回合:回转靠拢。

③ 圻(qí)岸:崖岸。崩奔:粉碎奔流的冲击。

④ 狖(yòu):猿类动物。

⑤ 浥:湿润。馥(fù):芳香。芳荪:香草。

⑥ 屯:停留,聚集。

⑦ 石镜:山名,因有圆石能照见人形而称,为入湖口后的一处
　 名胜。

⑧ 松门:山名,因从湖口至此两岸遍植青松而称,在今江西都
　 昌南二十里。

⑨ 三江句:《尚书·禹贡》郑玄注:"三江分于彭蠡,为三孔,
　 东入海。"

⑩ 九派:长江的九条支流。晋郭璞《江赋》:"流九派于
　 浔阳。"

⑪ 灵物:指下言"金膏"、"水碧"。丞:同"吝",珍惜。

⑫ 异人:指神仙。秘:隐藏。

⑬ 金膏:仙药。《穆天子传》:"河伯示汝黄金之膏。"

⑭ 水碧：水玉。《山海经》：“耿山多水碧。”缀流温：指玉失
　 去了水流的温润。缀通“辍”，停止。

⑮ 千里：乐曲名。此暗用旧题苏武诗“黄鹄一远别，千里顾
　 徘徊”之意。

⑯ 绝：断裂。弥敦：更加深厚。

　　离了京城，诗人一路风尘仆仆，直赴临川而去。路
上，他先有《道路忆山中》之作，觉得自己有家归不得的
遭遇和拂之不去的乡思，就像当年楚大夫屈原一样；接
着进入江西鄱阳湖，又有了这首《入彭蠡湖口》诗。

　　旅途的劳累和艰辛，在诗的一开始便被开宗明义地
点了出来：“客游倦水宿，风潮难具论。”其中一个“倦”
和一个“难”字互为因果，组成了贯通于全诗的主动脉。
一般来说，人的主观感受与外界景物之间常常会产生一
种交互影响。诗人受谗被贬，身心俱倦，自然会觉得途
中风波难测；而沿途山行水宿的艰辛，也必然会让本已
疲惫的身心感到更加厌倦。而这，恰恰就是诗所要表现
的主要内容。因而接着两句写遇洲岛猛然分开又急速

汇合,不断冲击岸崖后又集聚奔流,既为"难"字作注,同时也形象地反映了诗人当时起伏不定的心潮。尽管眼前时有清景,耳边多有哀音,然而这日夜晨昏所带给诗人的不是通常的赏心悦目,而是"千念"和"万感"的汇集和充盈。为了排解这种郁抑,诗人攀上庐山之东的石镜山,又穿过松林来到湖中的松门山顶,举目眺望。他在企盼有灵物异人来点拨他的心智,让东去的江水洗涤他的积虑。可是事与愿违,当他面对浩浩荡荡、莽莽苍苍的三江九派,却没有看到前人所描写的"纳隐沦之列真,挺异人乎精魂"和江神所居"金精玉英瑱其里,瑶珠怪石琗其表"(郭璞《江赋》)的情形,于是一种"天地闭,贤人隐"的莫名惆怅,便因此更加弥漫开来,以至最终笼罩了他的整个心灵。诗人不禁弹起了《千里别鹤》的古琴曲,想让"黄鹤一远别,千里顾徘徊"的古韵来稀释一下浓重的忧思,然而结果却适得其反,哀怨的琴弦突然断绝,只剩下悠长的余音袅袅不绝,久久回荡在茫茫无边的江天,回荡在诗人幽怨憔悴的心间……

诗人确实是倦了,旅途风波之难与灵物异人之隐,使他在自然和人生道路的艰难跋涉中，都深感身心交瘁、举步蹒跚了。

这首诗写得境界阔大，笔致跳荡，景、情、理融合无间，在艺术手法上已开唐代杜甫、韩愈一派大手笔之先，是最能体现谢灵运山水诗成就的典范之作。

拟魏太子邺中诗八首（选一）

平 原 侯 植

公子不及世事，但美遨游，然颇有忧生之嗟。

朝游登凤阁①，日暮集华沼②。倾柯引弱枝③，攀条摘蕙草④。徙倚穷骋望⑤，目极尽所讨。西顾太行山⑥，北眺邯郸道⑦。平衢修且直⑧，白杨信袅袅⑨。副君命饮宴⑩，欢娱写怀抱⑪。良游匪昼夜⑫，岂云晚与早。众宾悉精妙，清辞洒兰藻⑬。哀音下回鹄⑭，余哇彻清昊^⑮。中山不知醉^⑯,饮德方觉饱^⑰。愿以黄发期^⑱,养生念将老。

① 凤阁:指宫禁。

② 华沼:华美的苑囿。

③ 倾柯:俯下枝干。

④ 条:树枝。蕙草:香草。

⑤ 徙倚:即徘徊。穷骋望:极目纵眺。

⑥ 太行山:绵延山西、河南,远在魏都邺城之西。

⑦ 邯郸道:通往邯郸的道路。邯郸是战国时赵国国都,在邺城之北。

⑧ 平衢:平坦的大道。修:长。

⑨ 信:想必。袅袅:通"嫋嫋",柳枝摇曳貌。

⑩ 副君:皇太子,指曹丕。

⑪ 写:倾诉。

⑫ 匪昼夜:不分日夜。

⑬ 兰藻:指华美的文采。

⑭ 哀音:感人的乐歌。下回鹄:使天鹅盘旋下飞。

⑮ 余哇:轻靡乐曲的余音。彻清昊:远播天际。

⑯ 中山：代指美酒。因中山(今河北定州)出美酒而称。

⑰ 饮德句：用《诗·大雅·既醉》"既醉以酒，既饱以德"
之意。

⑱ 黄发：人年老发由白变黄，故用作高寿的象征。

这组诗共八首，分咏汉末建安时曹氏邺(汉魏郡治
所，故址在今河北临漳邺镇东)下文人集团中的曹丕、
王粲、陈琳、徐幹、刘桢、应玚、阮瑀、曹植八人。其总题
下有一段序文，模拟曹丕的口吻，交代写作的缘起：

> 建安末，余时在邺宫，朝游夕宴，究欢愉之极。
> 天下良辰、美景、赏心、乐事，四者难并；今昆弟友
> 朋，二三诸彦，共尽之矣。古来此娱，书籍未见。何
> 者？楚襄王时有宋玉、唐、景，梁孝王时有邹、枚、
> 严、马，游者美矣，而其主不文。汉武帝徐乐诸才，
> 备应对之能，而雄猜多忌，岂获晤言之适？不诬方
> 将，庶必贤于今日尔。岁月如流，零落将尽，撰文怀
> 人，感往增怆。

组诗题下总序后，又以每人姓名为分题。分题之下，除

第一首《魏太子》无小序(已见总题序文)外,每一题下均有一小序,代所咏者抒写身世情怀。其排列次序,除太子曹丕地位特殊居首外,其余多按所咏者年秩,故曹植殿后。此诗作年无考,今按所传诗文集原有编排,姑系于此。

　　也许是诗人的性情和遭遇与曹植有某些相似之处,因此他在描述和追念古人时,颇能抓住被咏者的特点并深寓感慨。诗从曹植早年逍遥宫苑落笔,分层写出邺宫台阁林木及纵眺所见京郊风物景色,接着紧扣"但美遨游"的特点,突出描绘曹植当年与建安文人诗酒留连、相得甚欢的生活情形。最后,诗人用极其简练的笔墨,在"饮德"和"黄发"的强烈愿望中,隐隐透出受人猜忌的被迫和无奈,从而凸现了序中的所谓"忧生之嗟"。这结尾四句,既深得古人之心,又巧含夫子自道,从中可以看出诗人的纵情山水,也与曹植一样,是对生活方式的一种迫不得已的选择;表面是日夜欢愉,实际却长怀郁闷,有志难伸。全诗风格古朴,有《古诗十九首》遗韵,故被皎然《诗式》引为"识度高明,盖诗中之日月"之列。

临 终 诗

　　龚胜无余生^①，李业有穷尽^②。嵇公理既
迫^③，霍生命亦殒^④。凄凄陵霜柏^⑤，纳纳冲风
菌^⑥。邂逅竟几时^⑦，修短非所愍^⑧。恨我君子
志，不获岩下泯^⑨。送心正觉前^⑩，斯痛久已
忍。唯愿乘来生，怨亲同心朕^⑪。

① 龚胜：西汉名士。王莽篡汉，邀其出仕，因耻事二姓，绝食
　而死。事见《汉书·龚胜传》。
② 李业：东汉人。公孙述僭号，召他为官，不从，饮毒酒而亡。
　事见《后汉书·独行传》。
③ 嵇公：即晋人嵇绍。他曾在与敌交战时以身护驾，战死，血
　溅御服。事见《晋书·嵇绍传》。
④ 霍生：指晋人霍原。他久居山中，因不答称制谋僭的王浚
　之问，被杀。事见《晋书·隐逸传》。
⑤ 凄凄：一作"萋萋"，茂盛貌。陵：通"凌"。
⑥ 纳纳：湿重貌。冲风菌：迎风即死的菌类植物。

⑦ 邂逅：不期而遇。

⑧ 修：长。愍(mǐn)：担忧。

⑨ 岩下泯：指隐居终老。

⑩ 送心：犹丧志。正觉：佛教称洞明真谛、大彻大悟为正觉。

⑪ 怨亲：仇敌和亲友。心朕：心迹。

　　经过一段时间的舟车劳顿，诗人约于元嘉八年（431）夏秋到达临川。但他似乎仍未吸取以往的教训，"在郡游放，不异永嘉"（《宋书》本传），今集中《入华子冈是麻源第三谷》等诗即作于这一时期。这样他就很快被人弹劾，随之便发生了兴兵拒捕和被押回京治罪、最终免死徙付广州等一系列事件。在赴广州途中，他写了《岭表赋》，用"顾后路之倾巇，眺前磴之绝岸"状拟了当时前后失据的窘迫；到了广州，又作《感时赋》抒发"颓年致悲，时惧其速"的人生忧患。

　　果然诗人的不祥预感很快得到了证实。就在他到达广州的元嘉十年（433），有个被抓的罪犯供认是为了接应谢灵运才沿路为盗，文帝闻讯后即一纸飞诏，将诗人送上了断头台。在临弃市前,诗人满含悲愤作了最后一首诗。他在诗中称扬了不事二姓的古人,并对自己不能终老岩下表示出深深的遗憾,而对晋室的怀恋和对刘宋的不满也均在不言之中。一代学富才雄的大诗人,就这样带着自己的人生怨恨,悄然离开了这个让他乐少苦多的尘世。

　　谢灵运的一生是一个悲剧,一个由出身、性格和时代、社会共同酿成的悲剧。然而他以他的天才创作,为后代诗坛开出了一片新天地,使人们永远怀念他,这又是诗人不幸中的大幸。

鲍　照

导　　言

> 丈夫生世会几时,安能蹀躞垂羽翼?
>
> (《拟行路难十八首》之六)

——这是一个敢于和命运抗争的诗人,从内心深处发出的大声呼喊。

尽管出身寒微,没有特殊的背景,却要在门阀制度森严的刘宋时代一展才华和抱负,于是他就不能不面对来自社会各方面的种种挑战;虽然久沉下僚,未能建立什么显赫的功绩,但他却以自己不懈的努力,在中古乃至整个文学史上争得了引人瞩目的一席之地。他,就是南朝杰出诗人、著名辞赋家和骈文家鲍照。

鲍照(414 前后—466),字明远,祖籍东海(今江苏连云港东)。他本人出生在京口(今江苏镇江;一说建

康,今南京)一个贫寒的庶族家庭(《南齐书·幸臣传》
把他和庶族出身的巢尚之等并提;一说他出身于没落的
士族)。父亲死得较早,母亲则活到孝武帝时(454年前
后)。他早年曾"负锸下农,执羁末皂"(《谢秣陵令
表》),又"束菜负薪,期与相毕"(《拜侍郎上疏》)。后
因性格好强,于是"释担受书,废耕学文"(《侍郎报满辞
阁疏》)。由于生性聪慧,"少有文思"(虞炎《鲍照集
序》),加上勤奋好学,使他颇为自负。

　　宋文帝元嘉十六年(439),年轻的诗人怀着满腔抱
负,带着自己的诗作去拜见临川王刘义庆。在此之前,
有人劝他别冒失,理由是"郎位尚卑,不可轻忤大王"。
可他年少气盛,对此很不以为然,并振振有词地答道:
"千载上有英才异士沉没而不闻者,安可数哉!大丈夫
岂可遂蕴智能,使兰艾不辨,终日碌碌与燕雀相随乎?"
(《南史·临川烈武王道规传》附鲍照传)正是凭着这种
超拔于流俗的自信和出众的才华,诗人很快得到了刘义
庆的赏识,被任命为临川国的侍郎,从此步入仕途,开始
了他漫长而又艰辛的幕僚生涯。这年秋天,他离家赴

任,在去江州的途中,给后来成为南朝著名女诗人的妹妹鲍令晖写了一封信,那就是流传至今的骈文名作《登大雷岸与妹书》。从入幕到刘义庆去世,鲍照在临川国待了六年,期间他曾出任过郎中令。此后他曾闲居了一段时间,大约在元嘉二十四年(447)再次出仕,担任宋文帝子始兴王刘濬的侍郎,并向文帝呈献了一篇《河清颂》,颇受好评。不久,因对刘濬与太子刘劭合谋杀害文帝有所察觉,便于元嘉二十八至二十九年间(451—452)辞职,到今湖北随县一带去当了永安令。

刘劭杀文帝自立,被孝武帝刘骏起兵讨平。鲍照一度曾受到牵连而被禁用,但很快就得到了洗刷。正巧孝武帝"好为文章",用人又不十分讲究门第,鲍照于是在一段时间内被任命为太学博士兼中书舍人。《南齐书·幸臣传》说:"孝武以来,士庶杂选。如东海鲍照,以才学知名。"可见诗人的文学成就在当时已得到了普遍承认,他不仅因此任职朝廷,而且颇受孝武帝的赏识。钟嵘《诗品》记有一次孝武帝向他问起鲍令晖的才能,他说"臣妹才自亚于左芬,臣才不及太冲(左思)",又可见有人已把他俩比作西晋的左氏兄妹。这是诗人一生中最为显赫的时期。在此期间,他曾先后担任过海虞令、秣陵令、永嘉令等职。

大明五年(461),孝武帝的幼子刘子顼以临海王任荆州刺史,鲍照被任命为前军参军,后改刑狱参军。八年,孝武帝去世,刘宋王室为争夺帝位再次自相残杀。先是继位的前废帝刘子业被宋明帝刘彧所杀,接着晋安王刘子勋和临海王刘子顼又联合举兵讨伐自立的刘彧,不久兵败,鲍照被乱兵杀害于荆州城内,年仅五十余岁。

艰难的世道没有磨灭诗人不断进取的精神,兵燹战乱却无情地夺去了他的宝贵生命。他死后,曾倾注了他一生心血的诗文作品也大多随之散佚。现存由南齐虞炎编辑的《鲍照集》,所收数量仅及其半,这又不能不是一件憾事。由于有关史料的残缺,鲍照许多作品的作年无法确定,从而给本书力求按时间先后予以介绍带来了困难。因此只能以"乐府诗"和"其他诗文"两大部分来加以编排。两大部分中的作品先后,除作年明显可考有所调整外,基本以由钱振伦注、钱仲联补注的《鲍参军

集注》(上海古籍出版社 1980 年版)为序。有关作者的
生平事迹和创作特色,则随文揭出,以备阅读。

　　《南齐书·文学传》对于诗文的发展说过一段很有
意义的话,那就是:"文章弥患凡旧,若无新变,不能代
雄。"而本书所选三位诗人——陶渊明、谢灵运、鲍照,
恰恰都是晋宋之时以自己全新的创作称雄的大作家。
其中陶诗可以说是古体诗风的集大成者,他将古诗的写
意传统发挥到了极至;谢、鲍则在"性情渐隐,声色大
开"的诗运转关期(沈德潜《说诗晬语》),首开近体诗摹
象风气之先。故后世慕古者无不以陶为尊,求新者又都
奉谢、鲍为的。他们对中国古代诗歌的发展都作出了重
要的贡献,影响都非常巨大。

一、乐府诗

　　作为一名才华横溢的著名作家,鲍照的文学成就是多方面的。他的诗"总四家(郭璞、张华、谢混、颜延之)而擅美,跨两代(晋、宋)而孤出"(钟嵘《诗品》),与谢灵运、颜延之并称"元嘉三大家";他的赋能以"驱迈苍凉之气,惊心动魄之辞"而臻"赋家之绝境"(《古文辞类纂》姚鼐评语);他的骈体文则"高视六代",连后出的江淹也"奇峭幽洁不逮"(《六朝文絜》许梿评语)。而他对诗歌、绘画和书法所作的精妙评论(分见于《南史·颜延之传》和自作《佛影颂》、《飞白书势铭》等),又都显示出他在文学艺术上的综合素养和别具只眼的鉴赏能力。

　　然而在众多的文学样式中,鲍照最为人称道和最有
影响的,还是乐府诗。他的乐府诗现存86首,不仅在数
量上高居汉魏六朝诗人之首,而且在形式和内容上又多
有创新,故被誉为"乐府第一手"(钟惺《古诗归》)。

　　在形式方面,他除了对乐府旧题进行转出新意或剪
裁原意的继承改造外,还自创新题。据统计,由鲍照首
创和现存乐府诗诸题中的首出之作达17题、55首之
多,几乎占了他乐府诗总数的60%以上。此外,也是最
重要的,是他一改以往乐府诗多用五言句的传统,首次
尝试大量使用七言句和五、七言为主的杂言体来创作乐
府诗,从而为丰富乐府诗的形式,以及七言诗体的发展
和兴盛,作出了杰出的贡献。清人王夫之以为七言之制
在鲍照之前"虽有作者,正荒忽中鸟径耳。柞棫初拔,
即开夷庚,明远于此,实已范围千古",把他视为七言诗
体之祖(《古诗评选》)。

　　在内容方面,他一改时人写作乐府诗多取貌遗神的
风尚,转而从继承汉代乐府诗的现实主义精神入手,多
层面多角度地反映了他所身处的时代风云、社会现状,

以及下层人民的苦难生活和悲愤感情,从而大大发扬了乐府诗的优良传统。这主要表现在:一、以军旅边塞诗抒写渴望收复中原、为国效力的英雄气概,同时也关注广大将士由于南北对峙,长年征战,劳苦功高却待遇微薄的现状,以及由此产生的厌倦情绪、思乡感受。他的《代东武吟》、《代出自蓟北门行》、《代陈思王白马篇》、《代苦热行》等作,即是这一类作品的代表。二、以讽谕诗讥刺统治者的亲佞疏贤、达官贵人的奢侈竞利,对社会的种种丑恶现象有所揭露和鞭挞。其中《代白头吟》、《代陆平原君子有所思行》、《代放歌行》、《代结客少年场行》等都很典型。三、以纪实诗直接描写贫贱者的艰难处境,如《代贫贱苦愁行》等。四、以感怀诗发泄受门阀制度压抑、有志难伸的郁愤,既有对"上品无寒门,下品无世族"强烈不满的时代特征,又有为历代正直人士伸张正义的普遍意义。其中《拟行路难十八首》、《梅花落》等是最杰出的篇章。

　　在艺术方面,鲍照的乐府诗也形成了为人瞩目的"文甚遒丽"(《宋书·鲍照传》)和不避"险俗"的典型风格。这与他广泛学习民歌的优良传统和文人的创作经验密切相关。他对七言及五七杂言形式的大量采用，使诗歌的节奏更富变化，从而大大加强了作品在抒情言志方面的表现力。同时，想象丰富，善用比兴，巧于形似，加上语言的追求新奇、兼采雅俗，也使他的乐府诗以不同于以往的崭新风貌，展现在人们的面前。

鲍照的乐府诗突出地表现了他的创作才华，受到历代论者的一致推崇。唐代著名诗人杜甫《春日忆李白》诗有"俊逸鲍参军"之句，王夫之即指出"杜陵以'俊逸'题鲍，为乐府言尔"（《古诗评选》），可见其价值和作用所在。而沈德潜《古诗源》也说："明远乐府，如五丁凿山，开人世所未有。后太白往往效之。"又可见他对唐代诗坛上最耀眼的两颗巨星，都曾产生过重大的影响。

代 东 门 行

伤禽恶弦惊①，倦客恶离声。离声断客情，宾御皆涕零②。涕零心断绝，将去复还诀③。

一息不相知④,何况异乡别。遥遥征驾远⑤,杳
杳白日晚⑥。居人掩闺卧,行子夜中饭⑦。野
风吹草木,行子心肠断。食梅常苦酸,衣葛常
苦寒⑧。丝竹徒满坐⑨,忧人不解颜。长歌欲
自慰,弥起长恨端⑩。

① 伤禽句:《战国策·楚策》载更赢曾以无箭之弓所发出的
　弦声,使受伤失群之雁因惊吓而坠地。

② 宾御:送行的宾客和赶车人。

③ 诀:告别。

④ 一息:一刻。不相知:指不在一起。

⑤ 征驾:远行之车。

⑥ 杳杳:幽深昏暗貌。

⑦ 饭:用作动词,进食。

⑧ 葛:粗布。

⑨ 丝竹:弦管乐器,代指音乐。

⑩ 弥:更加。端:头绪。

　　南北朝时期剧烈动荡的社会现实,给了人们太多的离别痛苦,以至于深受其害的人只要一触及它,便会像惊弓之鸟那样失魂落魄。这首对古乐府《东门行》(属《相和歌辞》)的仿作,一开始就用形象的比喻,揭示了这个鲜明的主题。面临离别,不仅当事的双方都无法抑制悲伤欲绝的感情,就连前来送行的宾客和驾车的马夫,也都为之涕泪交加。上路的人更是满脸悲戚,欲去还别,因为他心里明白此行将远去他乡,迥非一般的暂离小别可比。诗的前八句刻画场面,渲染气氛,有行为举止,有心理活动,有外貌描写,有形象比喻,已把离别时的情景写得形神兼备,声泪俱下。接六句,转述行子旅途备尝艰辛。前程漫漫,一路奔波不觉天色已晚。这时居家者已闭门就寝,而行子这才开始点火做饭。身处风吹草木的旷野,他不禁心肠寸断。诗写到这里,可谓是一路繁管急调,人物、事件、场景、情感络绎奔凑而来,令人应接不暇;而下面却突然煞住,插入"食梅"和"衣葛"两个比喻,笔法与古乐府《饮马长城窟行》中的"枯桑"二句如出一辙,很有起伏跌荡之妙。这两个生动的比喻,既是对以上所写离别之酸楚、旅途之饥寒切身苦痛的总结,又是对下文直抒主观感受的起兴。正因为对离别有着如此深刻的切肤之痛,所以尽管在以后的日子里有丝竹盈耳的娱兴,他也愁容难解;或是想用长歌来自我宽慰,但结果也只能是引来更加深长的怨恨。诗人对离别悲苦所作的这种刻骨铭心的抒写,正反映了那个时代在人们心里投下的拂之不去的沉重阴影。《鲍参军集注》黄节"集说"引吴挚父语,谓此诗系鲍照因忧晋安王子勋作乱而作,钱仲联《鲍照年表》从之,似无据。

全诗以平仄韵的转换交替组织篇章结构。初用平韵写别情初起,中用仄韵描述临别及旅途情状,在急促的韵律节奏中表现行子的强烈感受,末又转平韵,在纡徐舒缓中加深、延长幽怨的思绪。其层次分明,气韵流贯,一唱三叹,荡气回肠。清人王夫之曾说:"看明远乐府,若急切觅佳处,则已失之。吟咏往来,觉蓬勃如春烟,弥漫如秋水,溢目盈心,斯得之矣。"(《古诗评选》)我们读这首诗时得到的正是这种感觉。

代 放 歌 行

　　蓼虫避葵堇①，习苦不言非。小人自龌龊②，
安知旷士怀③。鸡鸣洛城里④，禁门平旦开⑤。冠
盖纵横至⑥，车骑四方来。素带曳长飙⑦，华缨
结远埃⑧。日中安能止，钟鸣犹未归⑨。夷世不
可逢⑩，贤君信爱才⑪。明虑自天断⑫，不受外嫌
猜。一言分珪爵⑬，片善辞草莱⑭。岂伊白璧
赐⑮，将起黄金台⑯。今君有何疾，临路独迟回⑰？

① 蓼虫：寄生在蓼中的昆虫。蓼，草本植物，叶味辛辣。葵、
　堇：两种草名，叶味甜。《楚辞·七谏》："蓼虫不知徙乎葵
　菜。"《尔雅翼·释草》引此，谓"言蓼辛葵甘，虫各安其故，
　不知迁也"。

② 龌龊：局促狭窄。

③ 旷士：胸怀旷达的人。

④ 洛城：即洛阳，代指京城。

⑤ 禁门：天子居住的宫门。平旦：天明时。

⑥ 冠盖：冠冕车盖，代指达官贵人。

⑦ 素带：白色绸带，古代士大夫所用。曳（yè）：牵引。飙：大风。

⑧ 华缨：系帽的彩色丝带。

⑨ 钟鸣：指夜深戒严之后。汉代安帝时有"钟鸣漏尽，洛阳中不得有行者"的禁令（《文选》李善注引崔寔《正论》）。

⑩ 夷世：太平盛世。

⑪ 信：确实。

⑫ 明虑：英明的决策。天：指皇帝。

⑬ 珪爵：指官职爵位。珪，古代封官时所赐瑞玉信符。

⑭ 草莱：草莽，草野。

⑮ 岂伊句：用《史记·平原君虞卿列传》虞卿"说赵孝成王，一见赐黄金百镒、白璧一双"事。伊，语助词。

⑯ 黄金台：故址在今河北易县东南，系燕昭王为召天下贤士在易水边所建。

⑰ 临路：指面对仕途。迟回：犹豫不决。

　　强烈的批判现实精神始终是古代优秀乐府民歌的灵魂。鲍照的这首拟作，即利用乐府《放歌行》（即《孤生子行》,属《相和歌辞》)旧题,对刘宋时朝政混乱、卖官鬻爵、贿赂公行,以及势利小人钻营奔竞等种种弊端,进行了深刻的揭露与辛辣的讽刺。

　　诗以蓼辛葵甘而虫各以性自安起兴,开门见山地提出了"小人"与"旷士"为人处世的截然不同。其中"小人自龌龊"一句是立诗之本,它概括和引领了以下穷形极相描绘的全部内容。"鸡鸣"句以下诗分两层:前八句是对京城从清晨到深夜,车来人往道不绝尘的形象再现。你看天一放明,朝中宫门刚刚打开,就有人戴着冠冕、乘着车马从四面八方赶来。他们的衣带在风中飘曳,他们的帽缨积满了尘埃,一副急不可待、风尘仆仆的模样,既传神又滑稽。这些人整天奔走忙碌,正午也不休息,夜禁时还没有回去,真是到了废寝忘食的地步。在这种客观描写的基础上,后十句则别出心裁地设计了这些奔竞小人,在见到临路迟疑的旷士时,说了一段颇为不解的话。什么盛世难逢、贤君爱才啊,什么天子明断、不受外猜啊,冠冕堂皇,可听了直让人发笑,这些话出自奔竞小人之口,实在太具有讽刺意味了。末了,他

们在向旷士传授以"一言"、"片善"去谋官邀爵的经验
后,对还在那里发愣的旷士大惑不解:有赐白璧和筑黄
金台这样的大好事,你还犹豫什么? 在正说的反话中,
讥刺嘲讽的锋芒是那样冷峻、犀利,小人的龌龊势利、世
风的日见浇薄、朝政的黑白不辨,都被揭露无余。在一
个人人都忙着钻营的社会中,你想有所保留,却招来
"有疾"的猜疑,其风气的败坏程度是可想而知的。钱
仲联《鲍参军集注》"补集说"引王壬秋语,说诗"起四句
直说,有倜傥恢奇之势;末无答语竟住,所以妙"。

鲍照的大多数乐府歌行创作年代难以确知。如此
诗,刘坦之猜测作于宋孝武帝时,诗人自中书舍人退归
以后,朱秬堂怀疑作于宋元嘉中彭城王义康专政时,吴
挚父则断为任孝武帝中书舍人时(三说均见《鲍参军集
注》"集说"、"补集说"),今并存以供参考。

代陈思王京洛篇

凤楼十二重[①],四户八绮窗[②]。绣桷金莲

花③,桂柱玉盘龙④。珠帘无隔露⑤,罗幌不胜风⑥。宝帐三千所⑦,为尔一朝容⑧。扬芬紫烟上⑨,垂彩绿云中⑩。春吹回白日⑪,霜歌落塞鸿⑫。但惧秋尘起,盛爱逐衰蓬⑬。坐视青苔满,卧对锦筵空⑭。琴瑟纵横散,舞衣不复缝。古来共歇薄⑮,君意岂独浓?唯见双黄鹄⑯,千里一相从。

① 凤楼:晋代总章观有仪凤楼,广望观以南又有翔凤楼。此泛指女子所居的高贵。十二重:极言楼的高深。

② 绮窗:雕饰精美的门窗。

③ 绣桷(jué):雕饰华丽的屋椽。

④ 桂柱:用桂木做成的房柱。

⑤ 无隔露:指帘珠与露同样晶莹,难以区分。

⑥ 罗幌:丝罗帷幕。不胜风:形容丝罗质地轻柔,弱不胜风。

⑦ 宝帐:指后宫。语本《西京杂记》"帝为宝帐,设于后宫"。

⑧ 容:梳妆打扮。

⑨ 扬芬:传送芬芳。紫烟:与下"绿云"同指祥云瑞雾。

⑩ 垂彩：焕发光彩。

⑪ 吹：指吹奏乐曲。回白日：形容乐声美妙，能留住时光。

⑫ 霜歌：犹"秋歌"。落塞鸿：形容歌声动人，能使飞雁驻听。

⑬ 盛爱句：比喻宠爱尽失。衰蓬，衰枯的蓬草随风飘转。

⑭ 坐视两句：说眼前的景象皆令人产生寂寞之感。

⑮ 古来句：说帝王自古以来都薄情寡义。

⑯ 黄鹄：黄天鹅。两句化用古诗十九首《西北有高楼》"愿为双鸿鹄，奋翅起高飞"之意。

　　虽然今存陈思王曹植的集子中未见有《京洛篇》（又名《煌煌京洛行》，属乐府《相和歌辞·瑟调曲》），但鲍照的这首拟作，却明显具有曹植诗那种"骨气奇高，词采华茂，情兼雅怨，体被文质"（钟嵘《诗品》）的特色。

　　郭茂倩《乐府诗集》说此诗"始则盛称京洛之美，终言君恩歇薄，有怨旷沉沦之叹"。从表面来看，确实如此。如果更深入探究，则可发现诗人是以一个身居京城凤楼色艺双全的女子始盛终衰的身世为例，来抒写世事难料、泰极否来的深沉感慨。前十二句先写极盛，其从京洛凤楼的华美入手,是侧笔掩映法,用环境来衬托人物的倍受恩宠;接着"扬芬"二句直写佳人外貌的光彩照人,清馨远播,"春吹"二句赞叹其才艺超凡绝俗,出神入化。洛邑之美、承恩之隆由此而极。故以下"但惧"六句陡转,把昔盛与今衰作鲜明对比,突出秋尘起后前宠尽失时的一片衰飒,不仅景物面目全非,人的心情也一落千丈。最后"古来"四句倒卷,将笔下所及的特例延伸成古今的同悲,令人俯仰上下,慨然而叹。

全诗分层描写,前后对照,其意正与《芜城赋》所附之歌"千龄兮万代,共尽兮何言"同旨。因此前人评此诗说"岂独女色盛衰,可以观世变矣"(《鲍参军集注》"集说"引朱秬堂语);又说"此篇非常奇丽,然终是气骨俊逸不可及,非同齐、梁靡弱无气,虽小庾亦不能具此气骨,时代为之也"(方东树《昭昧詹言》卷六)。

代 东 武 吟

主人且勿喧①,贱子歌一言②:仆本寒乡

士③，出身蒙汉恩。始随张校尉④，召募到河源⑤。后逐李轻车⑥，追虏出塞垣⑦。密途亘万里⑧，宁岁犹七奔⑨。肌力尽鞍甲，心思历凉温。将军既下世⑩，部曲亦罕存⑪。时事一朝异，孤绩谁复论⑫？少壮辞家去，穷老还入门。腰镰刈葵藿⑬，倚杖牧鸡㹠⑭。昔如鞲上鹰⑮，今似槛中猿⑯。徒结千载恨，空负百年怨。弃席思君幄⑰，疲马恋君轩⑱。愿垂晋主惠⑲，不愧田子魂⑳。

① 喧：喧哗。

② 贱子：此为代言体，系所代老军士自称。

③ 仆：自谦之称。寒：贫寒。

④ 张校尉：张骞，西汉人，曾为校尉随大将军卫青出击匈奴。

⑤ 河源：黄河源头。《汉书》本传载张骞有寻访河源事。

⑥ 逐：跟随。李轻车：李蔡，李广从弟，汉武帝时为轻车将军。

⑦ 虏：指匈奴。塞垣：边塞城墙。

⑧ 密途：近路。亘：绵延。

⑨ 宁岁：太平年代。七奔：语本《左传·成公七年》"一岁七奔命"，说奔波次数十分频繁。

⑩ 下世：去世。

⑪ 部曲：汉代军队编制的名称，后泛指部下。

⑫ 孤绩：独有的功劳。

⑬ 刈(yì)：割。葵藿：野草豆叶，此指可喂猪养鸡的饲料。

⑭ 独(tún)：小猪。

⑮ 韝(gōu)：打猎时套在手臂上用来停立猎鹰的皮套。

⑯ 槛：圈围野兽的栅栏。

⑰ 弃席句：用晋文公结束流亡途中曾下令抛弃笾豆、席蓐，后为咎犯谏阻事(见《韩非子·外储说》左上)。

⑱ 疲马句：用《韩诗外传》载田子方见所放老马而念其昔日之劳而赎之事。轩：车的通称。

⑲ 晋主：指晋文公。

⑳ 田子：指田子方。魂：古与"云"通。以上四句说物且依恋旧主，何况于人？但愿主上赐恩，不要亏待有功之臣。

鲍照生活的刘宋时代，战乱频仍，不仅北有外族入侵骚扰的外患,而且时有王室残杀、诸侯反叛的内乱,征战讨伐之事不断。而诗人又久处下僚,对从征将士的苦难深有体会,因此在这首乐府诗中,用一个老军人的口吻,自诉身世和时态炎凉,对早年从军征战的辛劳和晚年孤独凄凉的境况作了深刻的披露。

诗从老军人出身寒乡说起,按时间顺序列叙其早年征战塞外的漫长经历。"始随"与"后逐"的时间呼应,"到河源"与"出塞垣"的地点转接,"密途"与"宁岁"的退步举例,以及"肌力"与"心思"的兼顾而言,都在一气而下的流畅中饱含了南征北战、疲于奔命的种种辛劳,令人由此想见他当年出生入死、保家卫国的种种壮举。然而所从将军的去世、时事的变化,使他这个屡建战功的老部下一下子失去了生活的依靠,成了被人和社会遗弃的无用之人。因此当他老来回到故乡时,只能过着养鸡喂猪的穷苦日子。"少壮"四句自有古诗"十五从军征,八十始得归"的况味,凄凉无比。而"昔如"、"今似"的对比,越发使"徒结"和"空负"具有一种无法言传的人生悲哀。最后这位老人似乎还对朝廷的顾念老兵抱有天真的希望,想用"弃席"与"疲马"的痴心来感动上苍。其实这只是绝望中的幻想而已,而它对深化诗所要表现的被弃主题起了一种反衬作用,说明老军人的孤苦无援已无法改变了。如果联系晋宋之交刘裕曾多次北伐并收复两京、河洛这一史实,则鲍照此作又似乎具有向当朝君主进谏、希望善待北伐功臣的现实意义。

诗题中的"东武",是山东泰山下的一座小山名,后在此设县,即今山东诸城。《舆地记》称"其地英雄豪杰之士,甲于京东。文物彬彬,而豪悍之习自若"。今传《东武吟》本是流传于齐鲁一带的歌曲,后被文人用作乐府诗题。这首拟作,承继了此题多写征战武事的传统,又融入了当时的时代精神。它的影响,远及唐代王维《老将行》、杜甫前后《出塞》及王昌龄《代扶风主人答》等作,对边塞诗的创作与繁荣,起有积极作用。

代出自蓟北门行

羽檄起边亭①,烽火入咸阳②。征骑屯广

武③,分兵救朔方④。严秋筋竿劲⑤,虏阵精且
强⑥。天子按剑怒,使者遥相望。雁行缘石
径⑦,鱼贯度飞梁⑧。箫鼓流汉思⑨,旌甲被胡
霜⑩。疾风冲塞起,沙砾自飘扬。马毛缩如
猬⑪,角弓不可张。时危见臣节,世乱识忠良。
投躯报明主,身死为国殇⑫。

① 羽檄:古代军中紧急公文。边亭:边塞上的亭候(用以驻
  兵伺敌的建筑)。

② 咸阳:秦都城,旧址在今陕西咸阳东。此泛指京城。

③ 屯:驻守。广武:故城在今山西代县西。

④ 朔方:郡名,有今内蒙古黄河以南之地。

⑤ 严秋:肃杀的秋季。筋竿:指弓箭。

⑥ 虏阵:敌营。

⑦ 雁行:排列如雁飞的行列。

⑧ 鱼贯:如鱼游前后相贯而进。飞梁:跨越两岸的桥梁。

⑨ 箫鼓:指军乐。流:传播。

⑩ 旌甲:旌旗铠甲。被:披。胡霜:北地风霜。

⑪ 马毛句：意本《西京杂记》："元封二年，大雪深五尺，野鸟
　兽皆死，牛马蜷缩如蝟。"蝟，刺蝟。

⑫ 国殇：为国捐躯。

　　晋末宋初的中国诗坛，是一个酝酿孕育着丕变的时
期。这时不仅产生了风格闲淡的田园诗，情韵独特的山
水诗，同时也出现了格调悲壮的边塞诗。鲍照此诗，即
用《出自蓟北门行》（又名《艳歌行》）的乐府旧题，转承
《从军行》的宗旨，"兼言燕蓟风物及突骑勇悍之状"
（《乐府解题》），是他"用十二分力量"（《鲍参军集注》
"补集说"引王壬秋语）写作边塞诗的杰作。

　　鲍诗向有"发唱惊挺"之誉，这篇作品一开始就写
出军书飞驰、烽火连天的严峻形势，把边地风云突变的
紧张气氛呈现在人们面前。接着写敌我双方的排兵布
阵、剑拔弩张。一方面是强敌乘秋高气爽大举入侵，一
方面是我方从天子、使者到全体从征将士的飞骑赴救，
全力御寇。行军艰苦卓绝，激战在所难免。"疾风冲塞
起，沙砾自飘扬。马毛缩如蝟，角弓不可张"，边塞的恶

劣气候和艰苦环境被表现得极其真切;而"时危见臣节,世乱识忠良。投躯报明主,身死为国殇",戍边将士一往无前、视死如归的气概又被抒写得慷慨激昂、义薄云天。诗中多变的场景和缤纷的画面转换迅速、接踵而至,充分显示出"慷慨任气,磊落使才"(刘熙载《艺概·诗概》)的"俊逸"特色。

既为拟作,又是借言汉代朔方战事,但写来如身亲历,真实感人,其中当不免有鉴于宋文帝元嘉二十七、八年(450—451)间北魏太武帝拓跋焘亲率兵马大举攻宋,以及宋军于长江沿岸猛烈抵抗终于退敌的史实。诗人在当时主张北伐,他在诗中热情讴歌为国捐躯的将士,即借此寄托了自己报效国家的满腔激情。后来唐代李贺作《雁门太守行》,意旨、气局全从此化出,足见其影响深远。

与此诗相类,鲍照还作有一首《代陈思王白马篇》,今附于下:

> 白马骍角弓,鸣鞭乘北风。要途问边急,杂虏入云中。闭壁自往夏,清野径还冬。侨装多阙绝,旅服少裁缝。埋身守汉境,沉命对胡封。薄暮塞云

起，飞沙被远松。含悲望两都，楚歌登四墉。丈夫
设计误，怀恨逐边戎。弃别中国爱，邀冀胡马功。去
来今何道？卑贱生所钟。但令塞上儿，知我独为雄。

代结客少年场行

骢马金络头^①，锦带佩吴钩^②。失意杯酒
间，白刃起相仇。追兵一旦至，负剑远行游。
去乡三十载，复得还旧丘^③。升高临四关^④，表
里望皇州^⑤。九途平若水^⑥，双阙似云浮^⑦。扶
宫罗将相^⑧，夹道列王侯。日中市朝满^⑨，车马
若川流。击钟陈鼎食^⑩，方驾自相求^⑪。今我
独何为，坎壈怀百忧^⑫。

① 骢马：青白色马。络头：马笼头。
② 吴钩：吴地产宝刀，似剑而曲。
③ 旧丘：老家。
④ 四关：指洛阳成皋、伊阙、孟津、函谷四个关隘。

⑤ 表里：内外。皇州：国都。

⑥ 九途：指京城交通要道。

⑦ 双阙：古代宫门外所建楼观，为朝廷颁布法令之处。

⑧ 扶：夹。罗：排列。

⑨ 日中：正午。

⑩ 击钟句：古代高官达贵家中击钟列鼎而食。

⑪ 方驾：并车前行。

⑫ 坎壈（kǎn lǎn）：困顿不得志。语出《楚辞·九辩》"坎壈
　　兮贫士失职而志不平"。

　　此诗属乐府杂曲歌辞，题本曹植《结客篇》"结客少
年场，报怨洛北邙"，内容写"轻生重义，慷慨以立功名"
（《乐府解题》）。诗中的少年一出场，就以非同寻常的
装束透出一股英武之气。只见他骏马宝刀，金络锦带，
神采飞扬。他本该有一番大作为，然而一次饮酒时的偶
然"失意"，使他一时性起，行侠仗义，拔刀刃仇，结果导
致被官兵追捕，于是不得不负剑远走他乡，从此亡命四
方。当他在三十年后重新回到故乡时，心中充满了无限

感慨。登上高山，眺望京城，只见那里道路宽阔平坦、楼阙高耸入云，宫中将相罗列，道旁王侯成排；集市上挤满了人群，车马川流不息，钟鼎之家更是趾高气扬，相互驾车往来。面对京城的繁华热闹，当年的行侠少年不禁为自己的一事无成而慨然长叹。

表面上，诗人采用乐府歌曲的形式讲述了一个行侠少年的人生悲剧，一次任性断送了一生前途；实际上，他是在用这个带有传奇色彩的故事，宣泄了对世事无正义公道可言的强烈不满。少年行侠，出于正义，本无可厚非，但导致的却是三十年的亡命生涯，一个有为青年的终生坎壈；相反那些苟且钻营之徒、逐利追禄之辈，却个个钟鸣鼎食，位至将相，富比王侯。两相对照，怎不令人百忧交集、难以为怀？然而这正是当时的社会现实。所以王夫之说此诗"满篇讥诃，一痕不露"（《古诗评选》）。

拟行路难十八首（选六）

奉君金卮之美酒①，瑇瑁玉匣之雕琴②，七

彩芙蓉之羽帐③,九华蒲萄之锦衾④。红颜零
落岁将暮,寒光宛转时欲沉。愿君裁悲且减
思⑤,听我抵节行路吟⑥。不见柏梁铜雀上⑦,
宁闻古时清吹音⑧。

① 金卮(zhī):金属酒器。

② 瑇瑁(dài mào):即玳瑁,龟类海生动物,背甲可作装饰。

③ 七彩、芙蓉:指花纹图案。羽帐:用翠鸟毛为饰的帷帐。

④ 九华、蒲萄:也指花纹图案。锦衾:绣花被。

⑤ 裁悲:即减思,消去悲痛。

⑥ 抵(zhǐ)节:敲击乐器,应和节拍。行路吟:唱《行路
难》曲。

⑦ 柏梁、铜雀:皆台名。一为汉武帝用香柏所建,一为曹操在
邺城所筑。此泛指歌舞宴饮场所。

⑧ 宁:岂,何。吹:竽笙等管乐。

　　鲍照诗歌创作最擅长的是乐府歌行,而这《拟行路
难十八首》又是其中最杰出的代表,因有"皇冠上的珍

珠"之誉。这不仅是因为它采取了以七言为主的杂言体形式,在表达声色情意时具有波谲云诡、宛曲尽致的特色,也并非仅是在艺术上从各个角度全面展示了诗人"壮丽豪放"(《许彦周诗话》)的风格与"奇矫无前"(《敖陶孙诗评》)的气韵,更主要的是它的内容丰富,集中抒写了人生道路上的种种坎坷不平,所以能普遍引起历代文人的强烈共鸣。

这十八首(一说十九首)诗据前人考证,不是一时一地之作,时间跨度较大。它们之所以被集录在一起,是由于各首尽管题材不同,但对人生苦闷的吟唱,则是其共有的主旋律,而它们音节流畅、富于变化的体式也基本一致。这样,把它们作为一个整体来加以品评,应该是合适的。

作为组诗的第一篇,以上这首诗带有序曲性质。它以"奉君"二字领起,先用赋的铺陈手法排列出四种器物:酒、琴、帐、衾,其精美华贵的程度,令人眩目,可以满足人心身的各种享受。有了这一铺垫,"红颜"两句陡作转折:尽管环境富丽、器物华美,但人已红颜零落,时已寒光宛转,身处其间的他或她还能享用几时呢? 以上所有这些身外之物,又怎能消释人物内心的悲哀呢? 蓄势之后的直入题旨,自具震撼人心的力量。以下"愿君"两句再反作劝慰:要"裁悲"、"减思",请听我按拍将诉说人间不平的《行路难》唱来。诗人在此是想要通过舒泄心中抑闷的方式,来获取一种心灵的相对平衡。最后两句柏梁、铜雀二典,其意又转深一层:我的歌也会和短促的人生一样,在多变的世事中转眼即逝。这是对全诗主旨的进一步深化,其意绪正与晋人王羲之所谓"固知一死生为虚诞,齐彭殇为妄作。后之视今,亦犹今之视昔,悲夫! ……虽世殊事异,所以兴怀,其致一也。后之览者,亦将有感于斯文"(《兰亭集序》) 同一感慨。

洛阳名工铸为金博山①,千斲复万镂②,上刻秦女携手仙③。承君清夜之欢娱,列置帏里明烛前④。外发龙鳞之丹彩,内含麝芬之紫烟⑤。如今君心一朝异,对此长叹终百年。

① 金博山：金属制的香炉，因炉盖形如重叠的山形而名。
《西京杂记》："长安巧工丁缓作博山香炉，镂以奇禽怪兽，
皆自然能动。"

② 斲（zhuó）：即斫，削。镂：雕刻。

③ 秦女：指春秋时秦穆公女弄玉，因喜欢箫，嫁给萧史，后两
人一起骑凤升仙。

④ 帏：帐幔。

⑤ 麝芬：麝香。紫烟：指烛光下从香炉中腾起的烟气。

历来闺怨诗，多有睹物伤情之笔；然而像鲍照这首
诗这样仅从室内一个小物件入手加以具体描写，并由此
透视失宠前后情景和人物心理，却十分罕见。

诗的前三句，诗人把目光直接聚焦在金属香炉上。
这只香炉出自洛阳名工巧匠之手，经过千斲万镂，制作
十分精美，上面还雕有萧史与弄玉携手飞升成仙的图
形。这是诗的"引入"部分。以下便补叙它的来由，说
它是在与心上人合欢共枕、同度良宵时，被移入床帏、放
在烛前的；那时它那龙鳞般的花纹在烛光下焕发出红色

的光彩,里面蕴含着沁人心肺的缕缕香烟。这样一只精致华美的香炉,曾伴随着他们度过了一段美好温馨的时光。它是美满爱情的见证,又是幸福生活的象征。全诗至此,都是对香炉的形象描述和对美好时光的清晰追忆,洋溢出一种近乎沉醉的赞美和留恋。然而不料到了最后风云突变,"如今"二字在往昔与今日、欢娱与失意之间截然划出鸿沟,使前面的大段铺述成了与如今形成鲜明对比的回忆,而这种回忆正强烈衬托出"君心"变化后主人公处境的冷清和孤寂,心里的凄楚和悲苦。所以末句"对此长叹终百年"具千钧之力,足以撼动天下最无情之人的心。

明远诗文创作大都具有极强的艺术感染力,这除了他性格沉挚"故即景命词,必钩深索异,不欲犹人"(陈祚明《采菽堂古诗选》)之外,喜用和善用对比来凸现命意也是一个重要原因。就这首诗而言,主人公的失意正由今昔对比、天上(秦女携手成仙)人间(独处空闺)相形得以彰显与深化;而"但一物耳,说得如此经纬。立体益孤,含情益博"(王夫之《古诗评选》)也完全受益于此。

　　这首诗在十八首中属第二首。

　　泻水置平地,各自东西南北流①。人生亦有命,安能行叹复坐愁!酌酒以自宽,举杯断绝歌路难②。心非木石岂无感,吞声踯躅不敢言③。

① 泻水二句:意本《世说新语·文学》:"殷中军问:'自然无心于禀受,何以正善人少恶人多?'……刘尹答曰:'譬如写(即泻)水著地,正自纵横流漫,略无方正圆者。'"
② 断绝:指停止歌唱。路难:即《行路难》曲。
③ 吞声:欲言又止。踯躅:迟疑不决貌。

　　如果不是遭受重大的挫折,遇到十分的不平,便不会有如此郁闷的胸襟;如果没有高傲脱俗的气性,没有挥洒淋漓的才华,也不会有如此慷慨的情怀。诗人鲍照"才秀人微"(钟嵘《诗品》),在当时严格讲究门阀等第的社会中有志难伸，怀才不遇，故能直抒胸臆，一泄久积于心的愤懑激烈。

诗起手无端而下，如黄河从天而落直奔东海。水泻于地而纵横异流这个生活中常见的自然现象，被诗人特地拈出，用来比喻人一来到世上，便受命运支配而各有穷通困达的遭际，虽有所本（见注释）却又被赋予广泛的社会性，因而更具略去具体事件的抒情创意。显然，诗人在当时已清醒认识到了自己命运的不可改变，但他又绝不肯就此俯首屈从，行叹坐愁。他要对命运作出自己应有的抗争，尽管明知这种抗争不会有理想的结果，可是他决不轻言放弃。他的举杯痛饮，他的中断吟唱，都集中体现了心中难以排解的人生忧愁，无法消释的憾恨不平。在认命与否的剧烈斗争中，诗人是异常矛盾的：一方面人非木石，岂能无感；另一方面却因受到社会的强大压力，不得不忍气吞声。诗最后两句一纵一收，一扬一抑，极其生动地表现了诗人悲愤难忍、起伏跌荡的感情波澜，就像刚淬了火的锻件立刻被浸入凉水，其热能的尽情释放已全在不言之中。因此这是一首哀叹命运的悲歌，其中蕴藏着奋力抗争的倔强个性。

据《南史·临川烈武王道规传》（附鲍照传）记载，为谋求入仕，他早年想带着自己的诗作去拜见临川王刘义庆，可有人以"郎位尚卑，不可轻忤大王"加以劝阻，而他对此却不屑一顾，豪情万丈地说："千载上有英才异士沉没而不闻者，安可数哉！大丈夫岂可遂蕴智能，使兰艾不辨，终日碌碌与燕雀相随乎？"这段记载对这首诗所抒写的激愤之情作了最好的注释。诗人的一生，包括他的释褐入仕和官终微职，都是在这种力图改变和被迫屈从命运的过程中度过的。诗人的感慨，实际上是一代贫困士人的共同悲哀。

这首诗在组诗中属第四首。

君不见河边草，冬时枯死春满道；君不见城上日，今暝没尽去①，明朝复更出。今我何时当得然，一去永灭入黄泉②。人生苦多欢乐少，意气敷腴在盛年③。且愿得志数相就④，床头恒有沽酒钱⑤。功名竹帛非我事⑥，存亡贵贱付皇天⑦。

① 暝：昏暗。

② 永灭：指长辞人间。黄泉：本指地下泉水,后指墓穴。

③ 敷腴：充沛强盛。盛年：指三四十岁。《礼记·曲礼》："二
十曰弱冠,三十曰壮有室,四十曰强而仕。"

④ 得志：指知己者。数：屡。相就：来造访。

⑤ 恒：经常。沽：买取。

⑥ 竹帛：竹简白绢,古代书写用品,此指留名史册。

⑦ 皇天：上天。此句用《论语·颜渊》所引古语"死生有命,
富贵在天"之意。

　　杀戮成风、战乱不断的年月,最容易引起人们对生
命短促无常的深沉感慨;门阀森严、政治混乱的社会,也
经常会使人对穷通产生听天由命的悲观。这首诗抒写
人生"存亡贵贱"的感慨,即由个人的主观感受出发,反
映了当时普遍存在的客观现实。

　　河边草冬去春来、枯而复生,城上日暮落朝升、没去

更出,这是人们习以为常的自然现象。诗人在此把它作为一种永恒生命的象征来加以描写,其目的在于反衬出人生的短暂和生命的脆弱。因为太多的事实让他深深地体悟到人死不能复生,生命对于人来说只有宝贵的一次,需要好好珍惜。但现实总是苦多乐少,哪怕是在精力最为旺盛的中年,也难免如此。这怎能不令人惆怅,令人伤感? 有人曾据组诗第十八首中有"丈夫四十强而仕,余当二十弱冠辰"的话,认定组诗是诗人早年所作。其实不然:一个年仅二十的青年,正当朝气蓬勃的有为时期,怎么会产生这首诗所抒写的迟暮感,怎么会对才开始起步的人生轻率地作出"苦多欢乐少"的结论? 唯一的解释应该是组诗并非一时所作,像这首诗,就很有可能作于盛年之后,经历了无数次人生失意时。所以在这种浓重的悲观情绪支配下,诗人才被迫无奈地表达了"存亡贵贱付皇天"的愿望,只求床前有钱沽酒,而无意于建树能为竹帛所传的功名了。全诗脱口而出,任意抒写,率而成篇;但感慨是深沉的,情怀是激烈的。正话的反说往往比反话的直说更具力量,表面的听命实际上蕴含着十二分的不甘,这正是诗人鲜明个性的又一次顽强的体现。

本诗在组诗中属第五首。

对案不能食①,拔剑击柱长叹息。丈夫生世会几时,安能蹀躞垂羽翼②?弃置罢官去③,还家自休息。朝出与亲辞,暮还在亲侧。弄儿床前戏,看妇机中织。自古圣贤尽贫贱,何况我辈孤且直④!

① 案:小几,放酒食用。

② 蹀躞(dié xiè):小步行走貌。

③ 弃置:舍弃闲置。

④ 孤:指出身寒族,势单力薄。直:秉性耿直。

面对案上置放的美食无法下咽,起身拔出剑来猛击房柱放声长叹,诗人一连串激烈的行动一开始就先声夺人,让人清楚地看到了他愤怒已极的外在形象。原因何在？他紧接着立刻直抒胸臆，和盘托出内心的勃郁不平：大丈夫来到世上本来就为时不多，又怎能长久委屈自己碌碌无为！诗的前四句由外及内，神形兼备地凸现了诗人怀才不遇的痛苦和激愤。钟嵘《诗品》说他"才秀人微，故取湮当代"，是引发这种感情喷涌的导火线。他不甘心一生沉沦，无所事事，但他又不能不面对寒门士子在门阀制度下少有仕进迁升机会的现实，无法忍受身处下僚所必须承受的种种官场屈辱，加上年少气盛，于是不得不采取弃官归隐的果断行动，来与黑暗的社会现实作公开的抗争。诗以下六句，即用平缓的五言句式叙写宁静安稳的居家生活。其中与亲人朝夕相处、共享天伦之乐的场景所显示出的自由和闲适，恰与以上身处官场时的低眉俯首、小心翼翼的矫饰和违心，形成了强烈的对比。然而家居的平静生活与诗人倔强的性格、远大的抱负毕竟相去甚远，对此他又于心不甘，最终只能引古代圣贤尽贫贱、自己出身寒微、秉性耿直来自我嘲解，以求心态的相对平衡。其中"孤且直"三字尤可注意，它概括了诗人处境长期困踬的基本原因。尤其是一个"孤"字,诗人在其他作品中也一再提及。如《解褐谢侍郎表》"臣孤门贱生"、《拜侍郎上疏》"臣北州衰沦,身地孤贱"等。可正是结句这种自慰式的牢骚,尤为深刻地揭示了历来有志人士大多坎坷难安以致抱恨终生的现实,使诗所抒写的感慨从一己之遭遇扩展成千古同悲。而这种既从一己出发又不局限于一己的抒情方法,后来多为李白等诗人效法,并产生出许多类似的佳篇杰作。

　　与感情激烈相应,这首诗在形式上也极有特色。它起调高亢,中趋平缓,末又峭拔突起,可谓起伏跌宕、张弛有致。而开首以七言为主,俊爽流畅;中间纯用五言,如行云流水,自然安稳;最后又用七言收束,更似奇峰突出,矫健挺拔。其内容和形式的表达达到了完美的统一。前人称鲍照"乐府第一手"(钟惺《古诗归》),又说他"材力标举,凌厉当年。如五丁凿山,开人世之所未有"(陆时雍《诗境总论》),这首诗即可为代表。它对唐代以后歌行体诗的创作具有极深远的影响。

　　诗在组诗中属第六首。

　　诸君莫叹贫，富贵不由人。丈夫四十强而仕^①，余当二十弱冠辰^②。莫言草木委冬雪，会应苏息遇阳春^③。对酒叙长篇，穷途运命委皇天^④。但愿樽中九酝满^⑤，莫惜床头百个钱。直须优游卒一岁^⑥，何劳辛苦事百年。

① "丈夫"句：语本《礼记·曲礼》，见前"君不见河边草"诗注。

② 弱冠：指二十岁左右。因古代男子二十行冠礼而称。

③ 苏息：复苏生长。

④ 委：托付。

⑤ 樽：酒杯。九酝：精酿好酒。张衡《南都赋》："酒则九酝甘醴。"

⑥ 直：只。优游：悠闲自得。卒：终。此句意本古逸诗"优哉游哉，聊以卒岁"（《左传·襄公二十一年》引）。

　　这首诗在《拟行路难十八首》中殿后，可是从"余当二十弱冠辰"一句来看，写作的时间似乎应在其他各篇之前。这组诗并非作于一时一地,而是后人因其名相同而收集在一起的,今传宋本《鲍氏集》把它放在卷八,而不像现在的通行本那样放在卷四,也许正有此意。

用看似旷达的言语来宣泄自己心头的郁愤,是这首诗的显著特色。明明是自叹贫穷,却以劝人的口吻出之;明明对命运的不公充满幽怨,又故作通达,委命于天。诗人年仅二十,对出身寒门所遭遇的世路屯艰已深有所感,好在于年方富,还有奋发努力、改变命运的时间和空间。"莫言"、"会应"二句相互勾连,自有挥斥方遒的豪气与自信。后来李白诗有"长风破浪会有时,直挂云帆济沧海"(《行路难三首》之一)之句,在意气和精神上都与此相通。尽管对未来抱有希望,但现实的失意仍使诗人不得不以酒浇愁,为求一时痛快而不惜床头百钱。他甚至想在由酒力营造的醉意中悠闲自得地聊度终身,而不必再去俯就世事劳神劳心。诗的后半部分使酒任性,于半醉半醒中亦歌亦哭,又笑又狂,令人深感他内心充满了痛苦和无奈。

总之,《行路难十八首》是鲍照乐府歌行中的杰作,它既是一个直抒人生失意、世路艰难的整体，又是各有侧重、互有差异的个体组合。它集中反映了诗人喜笑怒骂的真情实感，又突出表现了他诗歌创作的典型特色。前人说它"壮丽豪放，诗中不可比拟"（《许彦周诗话》）、"淋漓豪迈，不可多得"（成书倬《多岁堂古诗存例言》），又说"明远长句，慷慨任气，磊落使才，在当时不可无一，不能有二"（刘熙载《艺概·诗概》），对此都给予了极高的评价。

梅　花　落

　　中庭杂树多，偏为梅咨嗟①。问君何独然，念其霜中能作花②，露中能作实。摇荡春风媚春日，念尔零落逐寒风③，徒有霜华无霜质④。

① 咨嗟：赞叹。
② 其：指梅花。
③ 尔：指杂树。

④ 霜华：在霜中开花。霜质：指经霜不凋的耐寒性。

　　《梅花落》本属笛曲，诗人借以咏叹梅花，赞美一种不畏严寒、傲然独立的高贵品质。

　　在庭院众多的杂树中，诗人偏偏只赞赏梅花。曲辞一开始，就用梅与杂树相形，并明确表示了对梅情有独钟的态度。这自然引起杂树们的不满，于是向他提出责问，同时因此引出以下诗人的回答，对两者的不同作了形象的对比。"问君"一句承上启下，转接恰到好处。"偏为"与"独然"前后呼应，突出并强调执一不二的选择。在他看来，梅在严霜中孕蕾绽放，在寒露里缔结果实，自非杂树的摇荡春风、争媚春日和零落寒风可比。"念其"与"念尔"两相比较，高下取舍已判若泾渭。故末句一结，表面是感叹杂树"徒有霜华无霜质"，实际也由此衬托出梅花的既有霜华又有霜质。通过这首"似稚似老"（钟惺《古诗归》）的咏物曲辞，诗人显然是在歌颂身处恶劣的社会环境、却始终奋发向上有所作为的寒士的精神风貌和意志品质。换句话说，也就是在寄托自己位卑志高、凛然不屈的一腔正气。至于其表现形式的既稚又老,以及"以'花'字联上'嗟'字成韵,以'实'字联下'日'字成韵,格法甚奇"(沈德潜《古诗源》),也显示了鲍照乐府艺术的出新求奇,妙称千古。

代 春 日 行

献岁发①,吾将行。春山茂,春日明。园中鸟,多嘉声。梅始发,柳始青。泛舟舻②,齐棹惊③。奏采菱④,歌鹿鸣⑤。微风起,波微生。弦亦发,酒亦倾。入莲池,折桂枝。芳袖动,芬叶披。两相思,两不知。

① 献岁:一年伊始。《楚辞·招魂》:"献岁发春兮,汩吾南征。"王逸注:"献,进……言岁始来进,春气奋扬。"

② 舻:泛指船只。

③ 棹(zhào):船桨。此句说一起举桨,有的却受了惊。

④ 采菱:曲名,流行于吴、楚,为男女采菱时所歌。

⑤　鹿鸣:《诗经·小雅》中的篇名,为宴客之诗。

　　这首诗用轻快、跳动的笔墨,声情骀宕地传写春日男女青年结伴郊游的欢乐和欣喜,在鲍照众多的以社会现实为题材的沉重的乐府歌辞中别具一格。

　　在首二句点出时节、交代出行之后,歌辞即用一种明快的笔调,描绘出郊游时所见的一片明媚的春光:山上草木初生,欣欣向荣,阳光和煦,微风吹拂;林园中禽鸟啼鸣,宛转悦耳;梅花刚开始吐艳,柳条才呈现嫩薄的青色。这几句写陆行所见所闻,客观的景物描写中已饱含了主观感受的欢快愉悦。接着写舍陆登舟,见水中画舫轻荡,船桨齐举,有的还弹起了江南流行的《采菱曲》,唱起了古老的《鹿鸣》歌,微风过处,涟漪层层,人们尽情地欣赏着大好的春色,举杯飞觞,弦歌笙舞,一片欢乐。最后歌辞又兼写水陆两面,有的姑娘芳袖飘动,将小舟划入了莲池;有的小伙在岸上攀折桂枝,使绿叶攒动枝条纷披;他们之间都暗生了爱慕之情,互相却都还没有察觉。这真是美好的景物滋生了美好的感情,美好的感情又赋予美好的景物以特别的意义。或者可以更放开去想，这"比'心悦君兮君不知'更深"（沈德潜《古诗源》）的末六字，不正是形神皆备的最美好的春之歌吗？春的魅力与神韵，至此被表现得如此迷人，如此具有诗情画意，这不能不说与诗人特有的感悟和非凡的表现力有关。

《春日行》属古乐府《杂曲歌辞》，此首即咏题名本意。

二、其他诗文

　　与乐府诗相比,鲍照的五言诗尽管成就不及,但也自具特色,那就是在转益多师的基础上形成"沉至"和"深秀"的风格。他的五言诗今存 111 首,题材包括咏史、拟古、行旅、山水和酬赠等几大类。

　　在咏史类作品中,诗人继承了左思《咏史》诗的传统,以"咏史"的形式寄托对现实的不满,又借咏古人自寓身世感叹。他的《咏史》、《蜀四贤咏》等作,即有左思《咏史》诗"咏古人而己之性情俱见"的风貌,所以沈德潜在称左思《咏史》为"千秋绝唱"后说"后惟明远、李白能之"(《古诗源》),对鲍照这类诗的评价极高。

　　拟古之作在鲍照五言诗中占了很大的分量。其特点是广泛模拟效法《古诗十九首》和前人的五言杰作,有的直接标出取法对象,如《拟青青陵上柏》、《学刘公幹体五首》、《拟阮公夜中不能寐》、《学陶彭泽体》等;有的则统以"拟古"、"绍古"、"学古"等出之。不管以哪种形式出现,借古人的酒杯浇自己的块垒是这类诗一以贯之的共同点;而对多种艺术风格,尤其是对汉代魏晋五言诗的仿效,使他在晋宋诗风嬗变之际得以上承汉魏风骨而独树一帜。前人说鲍照诗"华而不弱"(陈师道《后山诗话》)、"丽而能壮"(刘师培《中古文学史》),即与此有密切的关系。

宋初是山水诗开始兴盛的时期,鲍照自然不免受其熏染。但他这类诗的创作并不像谢灵运那样多出于有目的的游览,而是来自于展转各地的行旅。因此行旅诗与山水诗的结合和融汇,是鲍照五言诗在题材方面的又一特点。像《行京口至竹里》、《发后渚》、《岐阳守风》、《发长松遇雪》一类作品,都在以行程艰险、气候恶劣来宣泄旅人的辛苦和不得志方面,有着相同的特点。

另外,文人间的相互往来酬答,也是鲍照五言诗的一个重要内容,数量占了他全部五言之作的五分之一以上。诗人在这类诗中，往往别出心裁，表现出"不欲犹人"的鲜明的创作个性。《赠傅都曹别》的通篇以"轻鸿"、"孤雁"为喻，《赠故人马子乔六首》中三、四、六分别以松、橘杏和丰城双剑起兴，以及《日落望江赠荀丞》的隐寓微词，《和王义兴七夕》的激情内敛，无不显示出意在创新的不懈努力。

　　诗歌之外，鲍照的辞赋和骈文创作在六朝也是首屈一指的。除了后来庾信能与之匹敌外，六朝数百年中几乎无人可与他抗衡。与晋代作家还偶作大赋不同，鲍照所作全是抒情小赋。在这方面最为人称道的当数《芜城赋》。这篇小赋用形象的语言、鲜明的对比，抒写了历代战乱对人类文明和生命造成的严重危害，令人触目惊心。他的《游思赋》、《观漏赋》感慨人生艰难、有志难伸；《舞鹤》、《野鹅》、《尺蠖》、《飞蛾》等赋则托物寄意，自寓感时伤事的情怀。

　　六朝应用文多用骈体，鲍照自然也不例外。他的《登大雷岸与妹书》被称为文中的压卷之作，其原因即在于构思精妙，描写传神，富于抒情意味。书中刘庐山和长江的描绘,甚受推崇。清人许梿曾说其"烟云变灭,尽态极妍,即使李思训(唐代著名画家,被誉为"国朝山水第一,列神品")数月之功,亦恐画所难到"(《六朝文絜》)。而他的《石帆铭》典雅似赋,《瓜步山楬文》隐寓讽刺,也是骈体文中难得的佳作。

总之,读鲍照的作品,无论是乐府,还是五言诗,是辞赋,还是骈体文,总能在生动形象的描述和激昂慷慨的抒写中,感受到一股抑郁不平之气。它来自诗人出身低微又不甘沉沦的人生取向,来自一种不屈不挠的自强精神。正如前人所言——

> 鲍照材力标举,凌厉当年,如五丁凿山,开人世之所未有。当其得意时,直前挥霍,目无坚壁矣。骏马轻貂,雕弓短剑,秋风落日,驰骋平冈,可以想此君意气所在。(陆时雍《诗镜总论》)

赠傅都曹别

轻鸿戏江潭①,孤雁集洲沚②。邂逅两相

亲③，缘念共无已④。风雨好东西，一隔顿万
里。追忆栖宿时⑤，声容满心耳。落日川渚
寒⑥，愁云绕天起。短翮不能翔⑦，徘徊烟
雾里。

① 轻鸿：轻盈的鸿雁。潭：水边。

② 集：止息。洲沚：水中平地。

③ 邂逅(xiè hòu)：不期而遇。

④ 缘念：犹情意。已：止。

⑤ 栖宿：停留过夜。《禽经》："凡禽，林曰栖，水曰宿。"

⑥ 渚：水中陆地。

⑦ 翮(hé)：指翅膀。

　　与一般赠别诗多直记离别情形、直抒相思之意不
同，此诗全篇用喻体，以轻鸿与孤雁的相遇相别寓写本
意，同时又采用倒叙手法缩结时空，是鲍照诗学习民歌、
不欲犹人的典型之作。

　　诗的前四句，落笔于往日相遇，契合投缘。其中以

"轻鸿"指傅都曹（名未详，旧注以为即傅亮，然生平与鲍照年辈不合，前人已辩其非），用"孤雁"自喻，正寓扬彼抑己之意。郑玄《毛诗笺》说"小曰雁，大曰鸿"，是两者形体之别。而鸿前着"轻"，正可高举云天；雁前加"孤"，其离群索居寂寞可知。但这并不妨碍两人偶逢时的意气相投，同时也愈显这份真情的难能可贵，值得珍惜。中四句则转言目前。由于风雨方向不一，鸿雁被迫东西分飞，转眼间就相隔万里。其中一个"好"字与一个"顿"字前后勾连，感情色彩强烈。而"追忆"点醒赠别，并用侧笔写出别后无法忘怀的思念之情。追思往日，声音容貌充塞心耳，自觉难舍难分，一往情深。最后四句又放眼日后，情怀凄切。落日寒渚，天起愁云，无不切合鸿雁飞栖的天然之景，但客观景物已深染"寒"与"愁"的主观色彩。大环境如此，而自己更因"短翮"而无法冲天高翔，只能惘怅满怀地徘徊在迷茫的烟雾中，失友后的"孤雁"从此将愈加孤独。

用寓言体来写赠别，已是一种令人耳目一新的创举；加上写景寓情，意态纷呈，又使全诗摇曳生姿，古风独存;而在赠别的同时自伤身世,感慨万端,更觉情思凄苦,难以为怀。前人所谓"以情为里,以物为襮,镂雕云风,琢削支鄂,其怀永而不可忘也"(张惠言《七十家赋钞序》),非专指辞赋,鲍照诗也有此种神采,这首便是一例。

从登香炉峰

辞宗盛荆梦[1],登歌美凫绎[2]。徒收杞梓饶[3],曾非羽人宅[4]。罗景蔼云扃[5],沾光扈龙策[6]。御风亲列涂[7],乘山穷禹迹[8]。含啸对雾岑,延萝倚峰壁。青冥摇烟树[9],穿跨负天石[10]。霜崖灭土膏[11],金涧测泉脉[12]。旋渊抱星汉[13],乳窦通海碧[14]。谷馆驾鸿人[15],岩栖咀丹客[16]。殊物藏珍怪,奇心隐仙籍[17]。高世伏音华,绵古遁精魄[18]。萧散生哀听,参差远惊觌[19]。惭无献赋才,洗污奉毫帛[20]。

① 荆梦：即楚梦,用宋玉《高唐赋》记楚王游云梦事。

② 凫、绎：二山名,在兖州邹县(今属山东)。因刘义庆时为
江州刺史都督南兖州、徐等六州诸军事,故引以喻庐山
诸峰。

③ 杞、梓：楚产二种好木,喻优秀人才。

④ 羽人：神话中的飞仙。

⑤ 景：日光。蔼：云气升腾。云扃(jiōng)：犹云扉。

⑥ 扈：随从。龙策：龙鞭。

⑦ 列涂：列子御风所经之途。

⑧ 乘：登。禹迹：传说中大禹治水曾经过庐山。

⑨ 冥：昏暗。

⑩ 穹：高耸。

⑪ 灭土膏：指只见石不见土。

⑫ 泉脉：指泉水由来。

⑬ 旋渊：回转的水流。抱星汉：指倒映出天空星辰。

⑭ 乳窦：石乳洞穴。海碧：即碧海。

⑮ 驾：驱使。鸿：鸿鹄,高飞之鸟。

⑯ 栖：止息。咀：服食。

⑰ 仙籍：成仙得道。

⑱ 绵古：远古。遁：潜隐。

⑲ 参差：高低远近。觌（dí）：见。

⑳ 毫帛：毛笔绢帛。

　　据《宋书·临川烈武王道规传》载，临川王刘义庆在江州，"招聚文学之士，近远必至。太尉袁淑文冠当时……请为卫军谘议参军。其余吴郡陆展、东海何长瑜、鲍照等，并为辞章之美，引为佐史国臣"。而其时则在元嘉十七年（440）前后，诗亦作于这一时期。题中所谓"从登"云云，是指从临川王刘义庆等人。

　　香炉峰是庐山著名的山峰之一，因形似香炉和吐云像烟而名。诗从称美刘义庆出镇江州和从游文士之盛落笔，接着分层写出登峰途中的所见所想，其中自然景色的描绘与神话传说的记叙穿插交替，为景色奇异的峰壑洞泉平添了许多谲秘的神话色彩。方东树称此诗"涩炼，典实，沉奥，至工至佳，诚为轻浮滑率浅易之要药。此大变格也。杜（甫）、韩（愈）皆胎祖于此"（《昭昧詹言》卷六）。由此可见鲍照山水诗有别于谢灵运的独特之处。

　　鲍照对庐山的描写，又见于同一时期所作《登大雷岸与妹书》：

　　　　西南望庐山，又特惊异。基压江潮，峰与辰汉相接。上常积云霞，雕锦缛。若华夕曜，岩泽气通，传明散彩，赫似绛天。左右青霭，表里紫霄。从岭而上，气尽金光。半山以下，纯为黛色。信可以神居帝郊，镇控湘、汉者也。

以及《登庐山二首》：

　　　　悬装乱水区，薄旅次山楹。千岩盛阻积，万壑势回萦。巃嵸高昔貌，纷乱袭前名。洞涧窥地脉，耸树隐天经。松磴上迷密，云窦下纵横。阴冰实夏结，炎树信冬荣。嘈囋晨鹍思，叫啸夜猿清。深崖伏化迹，穷岫阅长灵。乘此乐山性，重以远游情。方跻羽人途，永与烟雾并。（之一）

因此完全可以这样说，鲍照是多次着力描写庐山风光景物的第一人。

日落望江赠荀丞

旅人乏愉乐,薄暮忧思深①。日落岭云归,
延颈望江阴②。乱流灇大壑③,长雾匝高林④。
林际无穷极,云边不可寻。惟见独飞鸟,千里
一扬音。推其感物情,则知游子心。君居帝京
内,高会日挥金。岂念慕群客⑤,咨嗟恋景沉⑥。

① 薄:接近。

② 江阴:即江南。阴,山北或水南。

③ 灇(cóng):水汇集合流。大壑:深谷。

④ 匝(zā):环绕。

⑤ 慕群客:即上言"独飞鸟"。

⑥ 咨嗟:叹息。景:日光,此指夕阳。

　　宋元嘉二十八年(451),始兴王刘濬率众城瓜步
(在江苏六合东南,古时南临长江,为军事要地),鲍照
以侍郎从行。不久始兴王即解南兖州任回南徐州刺史

任,鲍照却因侍郎任职期满辞阁,滞留江北。此诗即其
辞任后投赠其友、当时在建康(今南京)任职尚书左丞
的荀赤松之作(据曹道衡《鲍照几篇诗文的写作时间》,
载《文史》十六辑。一说作于大明三年,"荀丞"指荀万
秋,见《鲍参军集注》钱仲联"增补",上海古籍出版社
1980年版)。

　　身在异乡,又值辞任去职,诗人怀念家园、期盼援引
之情自然强烈。故诗一落笔,便对景伤感,忧思难禁。
其前四句点出"日落"和"望"字,暮色中已饱含浓重的
感情色彩。以下八句,写望中之景和心中之感。其中前
四句描绘长江日暮,景象阔大,气势雄浑;后四句借独飞
鸟的哀鸣传递心声,使人联想到曹植"孤雁飞南游,过
庭长哀吟。翘首慕远人,愿欲托遗音"(《杂诗》之一)的
诗意,从而自然引出最后四句的赠友正题。荀赤松当时
在京任尚书左丞,是执政并以豪奢著称的徐湛之一派的
重要人物,所以诗人希望能得到他的垂顾。但这一层意
思又并不直接说出,而是在"岂念"的"咨嗟"中婉转表
达,在不卑不亢中自显个性。

全诗前后呼应，层次清晰，转接流畅，深得前人好评。王夫之《古诗评选》说它在"古今之间，别立一体，全以激昂风韵，自致胜地"，并称"终日长对此等诗，即不足入风雅堂奥，而眉端吻际，俗尘洗尽矣。鲍集中此种极少，乃似剑埋土中，偶尔被发，清光直欲彻天"。而吴汝纶《鲍参军集选》也举"惟见"四句，说"此明远所为'俊逸'也"。

咏　　史

五都矜财雄①，三川养声利②。百金不市死③，明经有高位④。京城十二衢⑤，飞甍各鳞次⑥。仕子彯华缨⑦，游客竦轻辔⑧。明星辰未稀，轩盖已云至⑨。宾御纷飒沓⑩，鞍马光照地。寒暑在一时，繁华及春媚。君平独寂寞⑪，身世两相弃⑫。

① 五都：汉代王莽时于洛阳、邯郸、临淄、宛、成都五城立均

官,此泛指各大都市。

② 三川:语出《战国策》"今三川周室,天下之朝市"。三川指黄河、洛水和伊水。

③ 百金句:语本《史记·货殖列传》引谚语:"千金之子,不死于市。"

④ 明经句:用《汉书·夏侯胜传》"士病不明经术;经术苟明,其取青紫如俯拾地芥耳"语意。

⑤ 衢:四通八达的大道。

⑥ 飞甍(méng):高耸的屋脊。鳞次:像鱼鳞般地排列。

⑦ 仕子:当官的。影(piāo):飘扬。华缨:华丽的系帽带。

⑧ 竦(sǒng):执,握。辔:马缰绳。

⑨ 轩:车乘。

⑩ 宾御:宾客的车乘。飒沓:众多貌。

⑪ 君平:西汉隐士严君平,名遵,蜀(今四川)人。成帝时卜筮于成都,日得百钱即闭门授《老子》,一生不愿为官。

⑫ 身世:身指严君平,世指社会、世道。

　　此诗不知作年,然以感情激切、诗法矫逸广为人称。

其诗法矫逸主要体现在两个方面。首先，从诗人写作的动机来说，是要指斥时事，自抒退处的幽愤，而落笔却借"咏史"为题，即所谓借古讽今。其次，全诗共十六句八韵，其中前十四句七韵，着力描绘京城集各大都市之成的繁盛景象，不仅宫殿建筑豪华壮观，而且因求功名、图享受从四面八方而来的服饰车乘艳丽众多，令人目不暇接，就像一年四季中的春天，繁华达到了顶点；最后两句一韵，以严君平为世所弃的寂寞相形收结，势如急勒舞马，矫拗奇崛。另外，全诗对举世繁华和君平寂寞都仅作客观描写，不着议论而褒贬之意自出，采用的又是《春秋》笔法"。

　　吴淇《六朝选诗定论》对末二句作了精到的评析："举世繁华如此，安得不弃君平，君平亦安得不弃世？诗用'两相'字者，有激之言。毕竟世先弃君平，君平始弃世耳。"这就揭示了诗的深刻内涵。而方回《瀛奎律髓》也说："明远多为不得志之辞，悯夫寒士下僚之不达，而恶夫逐物奔利者之苟贱无耻。每篇必致意于斯。"

拟 古 八 首(选三)

　　幽并重骑射①,少年好驰逐②。毡带佩双鞬③,象弧插雕服④。兽肥春草短,飞鞚越平陆⑤。朝游雁门上⑥,暮还楼烦宿⑦。石梁有余劲⑧,惊雀无全目⑨。汉虏方未和⑩,边城屡翻覆。留我一白羽⑪,将以分虎竹⑫。

① 幽:幽州,今河北北部。并:并州,今山西一带。

② 驰逐:指纵马追逐。

③ 毡带:用羊或动物毛压制成的佩带。鞬:马上盛弓箭的器具。

④ 象弧:象牙装饰的弓。雕服:彩绘箭袋。

⑤ 飞鞚:飞马。鞚,马勒,此代指马。

⑥ 雁门:秦汉郡名,治所在今山西右玉南。

⑦ 楼烦:汉县名,在今山西朔县东。

⑧ 石梁句:用春秋时宋景公得工匠所制弓,其余力能射入石梁(石堰或石桥)事(见《阚子》),形容弓箭劲利。

⑨ 惊雀句：用后羿射雀拟射左目、误中右目事（见《帝王世纪》），极言射技精湛。

⑩ 汉：指中原政权。虏：指北方少数民族。

⑪ 白羽：箭名。

⑫ 分虎竹：指愿领兵出征，为国分忧。虎竹，铜虎符和竹使符，古代朝廷发兵、遣使的凭信，京师和郡守或主将各持一半。

　　这组拟古诗作年不明。从其所写题材涉及感怀、军戎、闺思等内容来看，作于一时一地的可能性不大。但与其他同类之作如《绍古辞七首》、《学刘公幹体五首》等合看，可知其学诗转益多师，取法甚广。

　　上录之诗是《拟古八首》中的第三首，写北地幽、并少年的豪侠尚武，颇有曹植《白马篇》的神气。首二句概括曹诗"白马饰金羁，连翩西北驰。借问谁家子，幽并游侠儿"之意出之，突出地域风尚，为全首张目。以下八句即从"骑射"和"驰逐"落笔，具体表现少年英雄的勃勃生气：他腰系箭袋，一身戎装，飞马越过草短兽肥的广袤平陆;早晨在雁门山上游猎,晚间在楼烦县内投宿;射出的箭透入石梁力大势沉,又弓无虚发,技艺精湛。其中"朝游"、"暮还"的承接突出骑术高超,"石梁"、"惊雀"的对举强调射技神妙,以我运古,壮气四溢,最能显示人物的精神风貌。然而更为可贵的是他年少志高,身怀绝技,一心想御敌边城,报效国家。末四句的记事抒写,更凸现了人物的满腔豪情,使一个英气勃发的少年英雄形象,栩栩如生地跃现在人们的眼前。后来陆时雍《诗镜总论》说"骏马轻貂,雕弓短剑,秋风落日,驰骋平冈,可以想见此君意气所在",也许正是受了此诗所描写形象的启发。由此也可见诗人在这一形象中,同时寄托了自己的志向。

　　束薪幽篁里①,刈黍寒涧阴②。朔风伤我肌③,号鸟惊思心④。岁暮井赋讫⑤,程课相追寻⑥。田租送函谷⑦,兽藁输上林⑧。河渭冰未开⑨,关陇雪正深⑩。笞击官有罚⑪,呵辱吏见侵⑫。不谓乘轩意⑬,伏枥还至今⑭。

① 束薪：捆绑柴草。幽篁：幽深的竹林。

② 刈：割。黍：泛指谷物。

③ 朔风：北风。

④ 号鸟：哀叫之鸟。思心：忧愁之心。

⑤ 井赋：井田之赋，泛指赋税。讫：完毕。

⑥ 程课：定期之税。追寻：接踵而至。

⑦ 函谷：秦置关名，在今河南灵宝西南。此指关内的京城。

⑧ 兽蒿：喂养禽兽的饲料。输：送交。上林：苑名，故址在今
陕西长安西南。汉武帝时广为扩建，多畜禽兽，以供狩猎。

⑨ 河：黄河。渭：渭水。

⑩ 关：指函谷关。陇：陇山，在今陕西。

⑪ 笞(chī)：古代五刑之一，用杖拷打。

⑫ 呵辱：大声斥骂。

⑬ 不谓：不料。乘轩：指仕途得意。语本《左传·闵公二
年》："卫懿公好鹤，鹤有乘轩者"。轩，古士大夫所乘之车。

⑭ 伏枥：语本曹操《龟虽寿》"老骥伏枥，志在千里"，喻志士
老而未受重用。枥，马厩。

在南朝诗人的作品中，很难读到直接描写社会底层

人民苦难生活的内容。鲍照这首拟古诗则是一个例外，它以真实可信的笔墨，记叙了自己早年困顿贫苦的生活经历和有志难伸的情怀，客观上也反映了当时一般劳苦大众的共同遭遇。

在幽暗的竹林里捆柴，在寒冷的山谷间刈黍，强劲的北风侵肌入骨，哀鸣的鸟声惊心动魄。一年到头税赋刚交纳完毕，定期的征交又接踵而至。要把田租送往函谷关内的京城，又要把喂养禽兽的饲料运去上林。当时黄河、渭水的冰冻还未融化，函谷、陇山的积雪正深。一路上又有官吏的不时责罚、笞击和辱骂。诗的前十二句在人们面前展示的，正是这样一幅饱受饥寒、劳碌、租税、苛责之苦的真实画面，这怎能不使胸怀大志的诗人热血沸腾、仰天长叹？末二句连用两典，在退步写实中自含郁勃难平之意。关于早年的困苦生活，鲍照在《侍郎报满辞阁疏》中，也有沉重的追叙：

> 臣嚚杌穷贱，情嗜踦昧。身弱涓甃，地幽井谷。本应守业，垦畛剗苅，牧鸡圈豕，以给征赋。而幼性猖狂，因顽慕勇；释担受书，废耕学文。

如与此诗合看,可知诗中所写多为借题发挥的亲身经历,故有切肤之痛。

这首诗在组诗中是第六首,也是鲍照集中难得的纪实感慨之作,对后世同类诗的创作深有影响。《鲍参军集注》黄节所辑"集说"引陈胤倩语,谓此诗"固是实事,真至。此等最为少陵(杜甫)所摹"。而方东树《昭昧詹言》卷六也说此诗"极贱隶之卑辱,以寄慨不得展志大用于世也。而诗之警妙,皆杜(甫)、韩(愈)所取则,亦开柳州(柳宗元)"。

　　河畔草未黄,胡雁已矫翼①。秋蛩扶户吟②,寒妇成夜织。去岁征人还,流传旧相识。闻君上陇时③,东望久叹息。宿昔改衣带④,朝旦异容色。念此忧如何,夜长愁更多。明镜尘匣中,瑶琴生网罗⑤。

① 胡雁:从北方来的大雁。矫翼:举翅。
② 蛩(qióng):蟋蟀。扶:依傍。

③ 君：指丈夫。上陇：登上陇山。陇山在今陕西陇县西北。
　二句暗用古《陇头歌》"陇头流水，流离四下。念我行役，
　飘然旷野。登高望远，涕零双堕"之意。

④ 宿昔：犹早晚。改衣带：用《古诗十九首·行行重行行》
　"相去日已远，衣带日已缓"之意。

⑤ 瑶琴：琴的美称。网罗：指蜘蛛网。

　　闺怨是古诗中最常见的题材，这首拟作在师承其意
的同时又自出机杼，分别从闺妇和征人两面落笔，交叉
错综写来，尤能曲尽其意。

　　诗以河边青草未黄，而胡雁已举翅南翔起兴，在自
然之景中先暗寓征人思归、闺妇盼归之意，可谓集双方
感受总而出之。以下写闺妇夜织，有蟋蟀吟户，正见时
值为征人寄衣之际。按一般规律，诗当由此生发，继写
闺妇思念；但诗人却别出心裁，妙借去岁与夫君相识的
还乡者传语，转而从征人一方着墨，写出当时夫君登陇
望乡的无限感叹。"闻君"二句已透出《陇头歌》"陇头
流水，流离四下。念我行役，飘然旷野。登高望远，涕零

双堕"的悲切。征人的思乡无疑更刺激了闺妇的盼归，故"宿昔"以下，又折回闺妇一方，写她因思念情切，早晚之间衣带见宽，朝暮之际容颜已改，虽为夸张之言，却极有情理，可动人心魄。而这种因用情过深而导致的身心憔悴，更让人对美好人生的虚度枉抛产生浓重的忧愁，这种忧愁之深之长，是漫漫秋夜所无法相比的。最后，诗在对明镜蒙尘、瑶琴生网的静物聚焦中结束，寓意极强，它从外物的变化中反跌出人物内心"自伯之东，首如飞蓬。岂无膏沐，谁适为容"（《诗·卫风·伯兮》）的失衡和痛苦，故尤觉言有尽而意无穷。前人评鲍诗，常赞赏他的独辟蹊径，不欲犹人，此诗也是一例，拟古中不乏创新，正是其艺术生命所在。

学刘公幹体五首(选一)

胡风吹朔雪①，千里度龙山②。
集君瑶台上③，飞舞两楹前④。
兹晨自为美，当避艳阳天。

艳阳桃李节,皎洁不成妍⑤。

① 胡、朔:皆指北地。

② 度:飞越。龙山:即逴龙山,古代传说中的北方冰山。

③ 君:皇帝。瑶台:语出《楚辞·离骚》"望瑶台之偃蹇",指巍峨洁白的楼观。

④ 两楹:《文选》李善注引郑玄《礼记》注:"两楹之间,人君听治正坐之处。"楹,殿柱。

⑤ 妍:美好貌。

　　鲍照的诗风与"建安七子"之一的刘公幹有十分相似的地方。如刘诗俊,鲍本自俊;刘诗仗气爱奇,鲍诗也如之,所以诗人非常喜欢学他的诗。前人说此诗取喻结体系学刘公幹《赠从弟》"凤凰集南岳"一首,可备一说。诗起二句遣思遥远,神韵独绝,向为人称。至其通体以物为喻,又一反以雪比小人、桃李比君子的常态,更觉新颖奇特。由此雪的高洁凛然、桃李的趋炎斗艳,已判然两见,故论者有"此明远被间见疏而作"之说(《鲍参军

集注》引刘坦之语）。方东树《昭昧詹言》卷六评此诗
说："前四句叙题。后四句两转，峭促紧健，皆短篇楷
式。此皆孟郊所祖法。"又说："梁钟记室（嵘）评公幹
云：'仗气爱奇，动多振绝。但气过于辞，雕润恨少。'明
远在钟前，而诗体仗气，极似公幹，特雕润过公幹矣。"从
中可见鲍诗艺术特点的来龙去脉，以及本身的创新之处。

玩月城西门廨中

　　始出西南楼，纤纤如玉钩。末映东北墀[①]，
娟娟似蛾眉[②]。蛾眉蔽珠栊[③]，玉钩隔琐窗[④]。
三五二八时[⑤]，千里与君同。夜移衡汉落[⑥]，徘
徊帷户中。归华先委露，别叶早辞风[⑦]。客游
厌苦辛，仕子倦飘尘[⑧]。休浣自公日[⑨]，宴慰及
私辰[⑩]。蜀琴抽白雪[⑪]，郢曲发阳春[⑫]。看干酒
未阕[⑬]，金壶启夕沦[⑭]。回轩驻轻盖[⑮]，留酌待
情人。

① 墀(chí)：台阶。

② 娟娟：美好貌。蛾眉：指女子长而弯曲形似蚕蛾触须的秀眉。

③ 珠栊：用珠装饰的窗格。

④ 琐窗：雕花窗。

⑤ 三五：指农历十五。二八：指农历十六。

⑥ 衡：玉衡，即北斗星。汉：河汉，银河。

⑦ 归华二句：院中花叶已因风露而早早凋落。

⑧ 仕子：做官的人。飘尘：喻旅途辛劳。

⑨ 休浣(huàn)：即休沐，古代官员休假。自公：语本《诗·召南·羔羊》"退食自公"，谓从公务中脱身。

⑩ 慰：《方言》："慰，居也。"私辰：指假日。

⑪ 蜀琴：因蜀人司马相如善弹琴而称。白雪：与下"阳春"皆古代高雅歌曲。

⑫ 郢(yǐng)：先秦时楚国都城，本在今湖北江陵西北，后多次迁移。此句用宋玉《对楚王问》记郢中歌《阳春》《白雪》"国中属而和者不过数十人"典。

⑬ 肴干：指菜肴已尽。阕：通"缺"。

⑭ 金壶：即古计时器铜壶。夕沦：夜色将尽。

⑮ 轩:车前横木。代指车。盖:车篷。

　　这首赏月诗约作于宋孝武帝孝建年间(454—
456),当时诗人在秣陵县(今江苏江宁)任县令。题中
的"廨",就是那里的官署公府。诗的前六句,先以两个
新颖巧妙的比喻,把未望前新月初升和将落时临窗依户
的玲珑娇美,形容得出神入化,含情脉脉。这是以实写
传虚景的典型手法。接着六句,则从追记转至眼前望
日之月,她形圆光满,千里辉映,既流光溢彩徘徊于室
内,又如水银泻地般地照着户外风露中的残花落叶。
更可慰的是如此良辰美景,正可与远隔千里的"君"
(即"情人")同享。最后十句,由仕子客游的辛苦疲
倦,反跌出假日忙中偷闲的恬适;同时又在抚琴命曲
的高雅情调中,回荡着对"君"的无限思念和热切
期待。

　　全诗写景思人,意境优美,情调高雅,以柔美空灵见
长,是鲍照诗中别具一格的作品。与其同时的谢庄作有
《月赋》,意境也与此相似。

芜 城 赋

　　泺迤平原①,南驰苍梧、涨海②,北走紫塞、雁门③。柂以漕渠④,轴以昆冈⑤。重江复关之隩⑥,四会五达之庄⑦。

　　当昔全盛之时,车挂轊⑧,人驾肩⑨,廛闬扑地⑩,歌吹沸天⑪。孳货盐田⑫,铲利铜山⑬。才力雄富,士马精妍⑭。故能侈秦法⑮,佚周令⑯,划崇墉⑰,刳浚洫⑱,图修世以休命⑲。是以板筑雉堞之殷⑳,井幹烽橹之勤㉑,格高五岳㉒,袤广三坟㉓,崒若断岸㉔,矗似长云㉕,制磁石以御冲㉖,糊赪壤以飞文㉗。观基扃之固护㉘,将万祀而一君㉙。出入三代㉚,五百余载㉛,竟瓜剖而豆分。

① 泺迤(mǐ yǐ):平坦连接貌。
② 苍梧:汉置郡名,在今广西东部。涨海:南海,此指南方极

远之地。

③ 紫塞：长城，因土色紫而称。雁门：秦置郡名，在今山西西北。

④ 柂(duò)：引。漕渠：即邗沟，今江都至淮安的运河。

⑤ 轴：车轴，此指以昆冈为轴心。昆冈：地名，古广陵城在其上。

⑥ 隩：深隐处。

⑦ 庄：交通要道。

⑧ 轊(wèi)：套在车轴末端的金属筒状物。

⑨ 驾肩：耸起肩膀。二句语本《史记·苏秦列传》"临菑之途，车毂击，人肩摩"。

⑩ 廛闬(chán hàn)：民居里巷。扑地：遍地。扑，尽。

⑪ 歌吹：歌声乐声。吹，吹奏。

⑫ 孳(zī)：滋生。货：财钱。

⑬ 铲：开采。铜山：产铜之山。

⑭ 士马：兵马。精妍：精良。二句本班固传赞："材力有余，士马强盛。"

⑮ 侈：扩张。

⑯ 佚：超越。二句说当时城市建制已超出周、秦的规定。

⑰ 划：规划。崇墉：高大的城墙。

⑱ 刳(kū)：开凿。浚洫(xù)：深沟。

⑲ 修世：永世。休命：好运。

⑳ 板筑：古代筑墙方法，用两板相夹，中间填土。雉堞：城上矮墙。殷：多。

㉑ 井幹：井架，建筑护栏。烽橹：烽火楼台。

㉒ 格：规格。五岳：指泰山、华山、衡山、恒山和嵩山五座大山。

㉓ 袤(mào)：指长度。三坟：所指未详。坟，大土丘。

㉔ 崒(zú)：高峻。断岸：陡崖。

㉕ 矗(chù)：耸立。

㉖ 制磁石：指用磁石作门。御冲，防备挟带铁器冲击。

㉗ 赪(chēng)壤：红土。飞文：指雕画图案。

㉘ 基扃(jiōng)：城阙。基，城基；扃，门锁。

㉙ 祀：年。一君：一姓之君。

㉚ 三代：指汉、三国和晋。

㉛ 五百余载：指汉刘濞受封至南朝宋大明年间所经历的时间。

泽葵依井[①]，荒葛罥途[②]。坛罗虺蜮[③]，阶斗麏鼯[④]。木魅山鬼[⑤]，野鼠城狐，风嗥雨啸[⑥]，昏见晨趋。饥鹰厉吻[⑦]，寒鸱吓雏[⑧]。伏暴藏虎[⑨]，乳血飧肤[⑩]。崩榛塞路[⑪]，峥嵘古馗[⑫]。白杨早落，塞草前衰。棱棱霜气[⑬]，蔌蔌风威[⑭]。孤蓬自振[⑮]，惊沙坐飞[⑯]。灌莽杳而无际[⑰]，丛薄纷其相依[⑱]。通池既已夷[⑲]，峻隅又以颓[⑳]。直视千里外，唯见起黄埃。凝思寂听，心伤已摧。

若夫藻扃黼帐[㉑]，歌堂舞阁之基，璇渊碧树[㉒]，弋林钓渚之馆[㉓]，吴蔡齐秦之声[㉔]，鱼龙爵马之玩[㉕]，皆薰歇烬灭[㉖]，光沉响绝。东都妙姬[㉗]，南国佳人，蕙心纨质[㉘]，玉貌绛唇，莫不埋魂幽石，委骨穷尘[㉙]。岂忆同舆之愉乐[㉚]，离宫之苦辛哉[㉛]？天道如何？吞恨者多。抽琴命操[㉜]，为芜城之歌。歌曰：边风急兮城上寒，井径灭兮丘陇残[㉝]。千龄兮万代，共尽兮何言！

① 泽葵：莓苔。

② 葛：藤条。罥(juàn)：缠挂。

③ 坛：庭堂。虺(huǐ)：毒蛇。蜮(yù)：传说中能含沙射人的鬼狐。

④ 麕(jūn)：獐子。鼯(wú)：飞鼠，昼伏夜出。

⑤ 魅：鬼怪。

⑥ 嗥：嚎叫。

⑦ 厉：磨。吻：嘴尖。

⑧ 鸱(chī)：鹞鹰。吓(hè)：恐吓。

⑨ 虣(bào)：古"暴"字，一说为魋，白虎。

⑩ 乳：吮吸。飧(sūn)：吞食。肤：肌肉。

⑪ 榛：丛生之木。

⑫ 峥嵘：阴森可怖貌。馗(kuí)：同"逵"，大路。

⑬ 棱棱：寒气逼人貌。

⑭ 萩萩：大风劲吹声。

⑮ 孤蓬：断根蓬草。振：飞旋。

⑯ 坐飞：无故而起。

⑰ 灌莽：丛生的草木。杳：深远。

⑱ 丛薄：草木混杂。纷：零乱。

⑲ 通池：指护城河。夷：平。

⑳ 峻隅：高大的城墙。颓：倒塌。

㉑ 藻扃：雕饰华美的门扇。黼(fǔ)：黑白相间的花纹。

㉒ 琁(xuán)渊：玉砌水池。

㉓ 弋(yì)：射猎。渚：水边。

㉔ 吴：今江浙地区。蔡：今河南上蔡。齐：今山东。秦：今
陕西。此言东西南北四方。

㉕ 鱼龙、爵马：古代杂技名目。

㉖ 薰：香气。烬：火烧后的余物。

㉗ 东都：指洛阳。妙姬：美女。

㉘ 蕙心：芳心。蕙，香草。纨质：秉性纯洁。纨，白丝绢。

㉙ 委：被弃。穷尘：无边的尘埃。

㉚ 同舆：指与帝王同车，指受宠。舆，车乘。

㉛ 离宫：与帝王分别而居，指失宠。

㉜ 抽：拿出。命操：指谱曲作歌。操，琴曲。

㉝ 井径：水井道路，指人聚居处。丘陇：坟墓。

　　鲍照的诗文作品的写作年代大多难以确定，这篇饮
誉千古的辞赋杰作也是如此。一般的看法认为它作于

大明三、四年间(459—460)诗人客居江北时,理由是广陵(今江苏扬州)从元嘉二十七年(450)北魏南犯,兵至瓜步,太守刘怀之烧城率民渡江,到大明三年(459)孝武帝平定竟陵王刘诞据广陵反,并下令屠城这不满十年间,古城先后遭到两次毁灭性的破坏,使诗人感而赋之。但也有人对此提出怀疑。因为据现有资料看来,并无诗人在孝武时任职或客居江北的记载,况且在孝武下令屠城后不久即前往凭吊,也有违避嫌的常理,故对此赋的作时尚可作进一步探讨。然而不管怎样,从赋的实际内容来看,它折射出刘宋时期频繁的战乱给广陵这座历史名城所带来的严重破坏,却是不争的事实,因此这篇赋又决非一般泛泛的凭吊怀古之作。

在鲍照之前,用辞赋的形式来写都城的题材可谓由来已久。自西汉扬雄作《蜀都赋》后,东汉班固有《两都赋》,张衡有《二京赋》,晋代左思又有《三都赋》,这些作品的共同特点是描写这些城市的地理、建制、物产及人文等情况,大多在立意颂扬中稍寓讽谕,目的在贬抑奢侈,倡导节俭。鲍照此赋则别出新意,借广陵故城的昔盛今衰,来突出历代战乱给人类文明带来的巨大灾难,因而更具有醒时警世的积极意义,并给古老的辞赋创作注入了关注现实、关注人类文明成果的新的活力,从而具有开创性的意义。

至于此赋的艺术成就,前人已有全面分析和高度评价。如林纾曾指出它"入手言广陵形胜及其繁盛,后乃写其凋敝衰飒之形,俯仰苍茫,满目悲凉之状溢于纸上,真足以惊心动魄矣"(《古文辞类纂选本》评语),即全面评述了它的内容和由对比、修辞所产生的艺术效果。而许梿所谓"从盛时极力说入,总为'芜'字张本,如此方有势有力",以及"收局感慨淋漓,每读一过,令人辄唤奈何"(均见《六朝文絜》评语),又具体分析了它的构篇特色和抒情作用。总之,赋在昔盛今衰的强烈对比中,既抒发了慨叹世道人间兴败剧变的幽怨情怀,又深寓高墙深堑无助于叛逆为乱的警示意义;加之其"驱迈苍凉之气,惊心动魄之辞",更臻"赋家之绝境"(姚鼐《古文辞类纂》评语),非常典型地体现了鲍照诗文创作"即景命词,必钩深索异,不欲犹人"和"抗音吐怀,每独成亮节,自得于己"(陈祚明《采菽堂古诗选》)的鲜明个性。

除此赋外,鲍照又有《舞鹤》、《尺蠖》和《飞蛾》等咏物赋自寓身世感慨;而他的骈文杰作《登大雷岸与妹书》、《飞白书势铭》、《石帆铭》等,也广受好评。

《中国古代文史经典读本》(文学类)书目